新潮文庫

青の数学

王城夕紀著

新潮社版

10610

contents

青の数学

Euclid
Explorer

0 雪の数列

大雪の中、彼女の上にだけ数字が降っていた。

見間違いかと立ち止まる。今一度見ればもちろん降っているのは雪で、でも一瞬白い数字片がきらきら角度を変えながら降る幻がまぶたの裏に残っていたから、急いでいるにもかかわらず栢山《かやま》は足を止めたまま、通りの反対にいる彼女を眺めていた。

雪より白い肌をした彼女は、雪の中、無人の横断歩道の前で、ずっと立っていた。

片手に傘を、片手に本を持って。

目は、ずっと本に落としたまま。

まるで周りの世界などなくなったように。

数字片が見えたのは自分のせいだろうと思ったけれど、なぜ彼女の頭上に見えたのか気にかかって見れば、よくよく彼女は奇妙だった。

彼女の頭上で、信号がもう三度も変わっていた。

きっと、自分と同じところへ行く途中のはずなのに。

だから。

栢山は通り越しに声をかけた。

雪に阻《はば》まれて届かなかったかと思った矢先、彼女は顔を上げて、通りのこちらを見た。黒い目が射抜くように瞬《まばた》きする。信号が青なのを認めると、彼女は雪の積もった横断歩道を足早に渡ってきた。そのまま栢山の前を通り過ぎ、歩道を歩いていく。目はまた手元の本に戻っていた。羊のようなマフラーに口元は隠されていた。

一瞥《いちべつ》もなかった。

不思議なもののけに遭遇したのかと見送ると、何かが積もった雪に落ちるのが見えた。彼女の足跡を辿《たど》り、その黒い手袋を拾って顔を上げると、彼女の姿が人気《ひとけ》のない薄暗い街から消えていた。と思いきや、ちょっと先の喫茶店から漏れる光が動いた。扉が閉まっていくところだった。薄暗い雪景色に、その喫茶店はお伽噺《とぎばなし》みたいに浮かんでいた。

気づけば、栢山は木のテーブルに黒い手袋を置き、彼女と向かい合わせに座っていた。彼女はテーブルに置いた例の本に目を落としたままだった。栢山は、開かれたページを覗《のぞ》く。


nとxが整数のとき、$2^n+7=x^2$ の解をすべて求めよ。

問いを見て自分の胸に広がった感情に、なぜ彼女のことがここまで気になっていたか、本当の理由を知る。

それほどまでに夢中になる問題って、どんなものだろう。

そう感じたのも刹那《せつな》、栢山はその問いに潜っていた。

式を展開できるか。7を右辺に移して、因数分解する。できた形を頭に描く。違う。

じゃあ、2^nを右辺に？　移して、因数分解する。$7=(x-2^{\frac{n}{2}})(x+2^{\frac{n}{2}})$……。少し考える。−7、−1、1、7という数字が躍る。狭まっている気はするが、道が尻つぼみに途中で消えていく気がした。たぶん、違う。

行き止まった。こんなに単純なのに、手がかりを見せない。こんなに単純だから、攻め入る隙《すき》が見えない。

モジュラー算術かな。

ふと、頭に閃《ひらめ》く。

法は何だろう。

x？　しばし考える。違う。

「法を2に」

そう呟《つぶや》いた自分に、栢山は驚く。なぜ口に出したんだろう。聞いて欲しかったのか、と頭をよぎる。彼女が、初めて顔を上げて栢山を見た。髪が短いのは、問題を解くときに邪魔にならないようにか、と栢山は思う。

そのまま無言で示してきた本の余白に、法を2にした場合の展開が書かれていた。見て、すぐに行き止まりだと分かった。既に検討済みなのか。

でも、方向は間違っていない。なぜかそう思った。真っ暗な深海の只中《ただなか》で、相変わらず何も見えないのに、この方向に何かがあるんじゃないか、という予感がある。根拠はない。それなのに、まるでほのかに水が温かくなっているみたいに、こちらを探っていけば、いずれこの暗黒はすべて晴れる、そう感じる。

問いをもう一度見る。

この短い文のどこに、手掛かりがあるのだろう。

「すべてって、どうやって求めるんだろう」

ぽつりと、また口をついて出た。少し途方に暮れた、深海での息継ぎのような言葉だった。ぶくぶく、と言葉が泡となってどこかへ上がっていく気がした。

しかしその言葉を聞いて、彼女は、ふ、と息を一瞬止めた。直後、自嘲《じちょう》するように息を吐くと、余白に一気に何かを書き記した。

法が4の場合の展開だった。

見た瞬間、それが答えだと知った。

深海はどこにもなくなっていた。

栢山は、彼女が書き殴ったその式をしばらく見ていた。法が4。もう少し考えても思いつけなかったに違いない、と素直に思えた。それを目の前の彼女は、まさに何もないところから取り出した。誰なんだろう。初めて、栢山の頭にその問いが浮かんだ。

すると、聞いたことのない声が聞こえた。

「君は誰?」

彼女の声だった。ピアノの右端の鍵盤《けんばん》が鳴らすような声だった。

珈琲《コーヒー》カップを持ったまま、黒い目がこちらを見ている。

「栢山です」

そう応《こた》えた。彼女は口の端を少し緩めた。

「名前では、君が誰か分からない」

そうですよね、と栢山は心の中で呟く。

「あなたも、数学オリンピックの予選に行くんですよね」

訊《たず》ねると、彼女は聞こえなかったように珈琲を一口すすった。カップを置き、この先天気がどうなるかを問うみたいに言った。

「君は、なぜ行くの?」

雪が音を吸い込むというのはきっと本当に違いない。

店の外の世界は、もうなくなってしまったのかもしれない。

それほど静かだった。

店の柱時計の針の音が鳴っているのに、今初めて気づく。

ここはどこだろう。

よく分からなくなってきた。

射抜くような黒い目のせいか。

「たとえば」栢山は口を開く。「このお店のメニューを全部頼むと、１８２６０円になります」

メニューは下げられていてテーブルにない。彼女は黙ったままだ。

「最寄り駅の時刻表で、出発時刻が素数なのは26個です」

「分が？」

「いえ、二十四時間表示で時間と分を四桁《けた》表示した場合です」

「そうなんだ」

「一度見た数字は、忘れないんです」

「それは」彼女は右上に視線を泳がせて、少し考える。「面白そう」

「子供の頃は、みんなそうなんだと思ってたんです」

「だから数学オリンピックを？」

彼女は、自分より一つか二つ、年上に違いない。

なぜか、そんな余計なことが頭をよぎった。

「約束なんです」

「約束？」

「数学をずっとやり続けるって」

「誰との？」

栢山は少し目を細めて口の端を上げる。「魔法使いとの」

その言葉に彼女は視線を上げたが、何も言わなかった。

代わりに、問いを口にした。

「数学って、何？」

彼女の言葉は鋭くシンプルだった。真実の冷たい心臓を一直線に射抜こうとするように。彼女自身の黒い目のように。

投げかけられた問いが抽象的過ぎて、栢山は答えに窮する。

「何かも分からないものを、続けるの？」

そう、彼女は続けた。

「国語や英語はこの世界にある言語を学ぶ。地理はこの世界の地名や地形を学ぶ。化学はこの世界を構成する元素とその働きを学ぶ。物理はこの世界を構成する力を学ぶ」

では、数学は？

言葉にしない問いが、浮遊していた。

「数字は、もともとこの世にあった？　虚数は、もともとこの世にあったの？」

ゼロは、インド人が見つけた。それは発見か、あるいは、発明か？

彼女の言葉を聞きながら、栢山は考えていた。数学って、何？　でも、出てきた答えは、それとは程遠い、シンプルなものだった。きっと、と口を開く。

「問題が解けると楽しいから、やっているだけです」

さきほどの、雪の中の彼女の姿を思い出す。

「あなただって、この問題に熱中してたじゃないすか」

ふ、と息を吐くように笑う。

「数学は、誰が先に見つけるか、のレース」どこか遠くの戦争のことを話すように、窓の外に目をやる。「難問と呼ばれるものを、大きいとされる謎《なぞ》を、みんなが競って解こうとしている。けれど、それでどこへ辿り着こうとしている？　誰もが、まるでどこかに辿り着けるように目を輝かせている」

そう言って、目の前のテーブルの本を閉じた。細長く、白い指だった。

「これは、暇つぶし」

栢山の内に何かが湧《わ》き上がってきていた。何かは分からない。でも、それはかつて聞いた言葉の形を取って、現れる。

——やり続けていれば、いつか着く。

「だったら、賭《か》けますか」

彼女は、視線を栢山に戻す。その口調に込められたものに反応して。

「暇がつぶれるなら、いいじゃないですか」

言いながら、自分の鞄《かばん》から白紙を一枚取り出して、数字を書き込んでいく。

1 11 12 1121 122111 112113 12212131 1122111211131111 12221221133113

「解けますか？」

そう、彼女に問うた。

黒い目が、その数列をじっと見つめている。

「賭けるって、何を？」上目遣いで、彼女は口にした。これでいいの？　と目で告げるように。「数学が暇つぶしか、そうでないか？」

なぜ、なぜと人は問いかけるのだろう。

「違います」

なぜ、なぜという問いに答えを求めるのだろう。

栢山が告げると、彼女は顔を上げた。その視線に応えて、栢山は笑みを見せる。

「数学が、やり続けるに値する暇つぶしか、そうでないか」

しばらく栢山をそのまま見つめていたが、やがて彼女も、笑みを浮かべる。

にやり、というのがぴったりの笑顔だった。

「いいよ」


——たとえそこが、お前の想像さえしていなかった場所だったとしても、な。

それが、彼女との出会いだった。

1
春の確率

少年が迷い込んだのは倉庫のような広い場所で、そこには迷路のように本棚が並び、右往左往しながら抜けると目の前が開けて、広大な白い壁一面に数字がぎっしりと書き込まれていた。大きな数字、その間に割り込むように書かれた無数の小さな数字、使われているペンの色も様々。

その壁は、まるで数字の宇宙だった。誰が、なぜ、こんなに多くの数字を書き殴ったのか、分からない。それでも、少年は魅入られたように、数字の壁の前に釘付《くぎづ》けになる。

その倉庫、正確に言えば研究室の主《あるじ》が戻って見つけたのは、大学生とは思えない少年がひとり、数字の壁の前で、口のことを忘れたみたいに丸く開けて、まるで夜空に星座を探すように両手を動かしてその小さな指で数字をたどっている光景だった。

脇《わき》に抱えた資料を片隅の机にそっと置いて、面白いか、と主が声をかければ、小さな闖入者《ちんにゅうしゃ》は、壁から目を離さずに、面白い、と応えた。何をしているんだ、と興が乗って問えば、数字と数字がつながってる、と応える。

例えば？　と促すと、少年はしばし指揮の途中のように腕を振り上げたまま止めていたが、何かを見つけたように指をある場所に向ける。

例えば、あの１７２９と、あの91。

それが？

似てる。

似てるか。

同じ感じがする。

どんなふうに？

分かんない。

分かんないのか。

それは、どちらもラマヌジャン数だった。二通りの三乗の和で表せる、最小の数。正の整数だけ使えば、最小は１７２９。負の整数も使っていいなら、最小は91。その二つは、同じインクで隣り合って書かれた数字だから、関係していると感じたのかも知れない。そう、主は思った。だから、次の言葉に、少し驚く。

あと、１６３４と８２０８と、あと９４７４も似てる。

それらはてんでバラバラの場所に書かれた数字だった。関連づけて記されたものではない。

なぜ似てる？

分かんない。なんとなく。

他にあるか？

その三つの数字は、いずれもアームストロング数だった。各桁の数それぞれを桁数乗して足すと、元の数になる稀《まれ》な数。$1^4+6^4+3^4+4^4=1634$

あとはね、５０２０と５５６４は仲いい。

それと、２２０と２８４も仲良し。

いずれも、友愛数の組合せだった。知っていなければ一目でその組合せを見つけることはなかなか難しいだろう。

この壁、宇宙みたい。星座がいっぱいある。

そう無邪気に叫ぶ少年、こいつはどこから迷い込んできたのだろう。主は自分のごま塩頭を撫《な》でながら、思い始める。

少年よ。

何？

素数って知ってるか。

知ってるよ。

素数とは、何だね。

もう割れない数。

正確には、1とその数以外で割り切れない数、だな。

ふーん。

2とか、3とか、5とか、11とか。

この壁には、32個ある。

少年がこともなげに言ったので、主は思わず壁を見上げた。それこそ、無数に数字が書いてある。大きい数字もある。少年の言葉の真偽を確認することさえ、できない。主は、壁の前で演奏するように手をあちこちへ動かし続ける少年を、しばらく見ていた。

少年よ。

何?

素数は、無限にあるか?

だから、32個だって。

この壁に、じゃない。この世界に、だ。

主がそう告げると、少年は初めて壁から目を離し、背後の主を振り返った。自分に注がれた視線を受け止めると、小さな頭をきこきこ言わせて考え始める。

そんなの無限にあるに決まってる。

なぜだね?

だって、1、2、3、4って数はずーっと続くんだから、素数だってずーっと続くよ。なるほど。数は無限にある。だから、素数だって無限にありそうだ。しかし、1から100までのなかに素数は25個もあるが、100001から100100の間ではたった6個になる。

そう言われると、無限にあるのかないのか、どちらが正しいのか、少年は急に分からなくなる。口をへの字に結んで、考え込み始めたのかふてくされているのか分からない表情でお地蔵さんみたいになる。

知りたいか？

機を見計らった主のその言葉に、ぱっと顔を上げて少年は小さいけれど大きな目で主を見る。

知りたいか？

主は、もう一度訊《き》く。

それが、何かの切符であるかのように。

少年は、星のような目で主を見上げたまま、応える。

知りたい。

主は、後ろ手のまま、満足そうに笑う。

「なら、手を伸ばせ」

その言葉に誘われて、少年が短い腕を前に伸ばすと、主は後ろ手に持っていたものをその小さな手に手渡す。

少年は、自分の手にある重いものを見る。

それは、少年には。

魔法の本に見えた。


肩を揺さぶられて、栢山《かやま》は目を覚ます。一瞬天地が分からず、三階分の高さの吹き抜けを埋め尽くす本棚に吸い込まれて落ちていきそうになるのをこらえて、ここは九十九《つくも》書房だと思い出し体を起こすと、知らない男性が眼鏡の奥から睨《にら》んでいた。その背後に見える入口のガラス戸からは、春の陽射《ひざ》しが斜めに入っている。

「誰だお前」

答えようとした瞬間、時計の音が重奏して鳴り出す。首をすくめながら振り返ると、奥にあたる壁に所狭しと飾られている無数の古い時計が、正時を一斉に知らせていた。鳴り終わるのを待ちながら、テーブルの木目の跡がついている気がして頬をさする。余韻が縦長の空間を昇天してゆき、静寂が戻ったのを見計らって隣を見上げると、男性はこちらを見たままでいた。

「栢山です」

音が収まった頃、まだ耳の奥で残響している音に目を瞬かせつつ、栢山は名乗る。が、相手が自分の名前に全くピンと来ていないのを察知すると、ええと、と心の中で呟いて、言うべき言葉を組み立てた。

「キフユの」とまで口にしてから、言い直す。「柊《ひいらぎ》先生の」

その名前は確かに通じたらしく、なぜ見知らぬ学生からその名前が、と男性は一瞬驚いたようだったが、ああ、と何かが接続されて腑《ふ》に落ちた呟きをこぼすと、しかし不機嫌な表情は変わらないまま、思い出したように入口のそばにあるカレンダーを見遣《みや》る。

「今日って」

「高校の入学式」

答えた栢山を妙なものみたいに一瞥すると、男性はカウンターの方へ戻っていく。

「高校に入ったら来いって柊先生が」

「知ってる」

興味を失ったように男性はカウンターに座ると、山と積まれている本の隙間に、近所の弁当屋で買ってきたと思《おぼ》しき昼食を広げる。

「まだ、そのつもりなのか」割《わ》り箸《ばし》を割って弁当をつつき始めた男性が、声を投げてくる。「約束したのはずいぶん前なんだろ」

「もちろんす」奥のテーブルを囲む椅子《いす》のひとつにあぐらをかいて、栢山は答える。男性は弁当を食べ続けている。しばらく沈黙が流れた。ねぼけたような午後が漂っていた。うっかり寝てしまったのはこのせいだ、と栢山は思う。

「数学なんてやったっていいことはない」

「でも、約束したから」

栢山の答えに、男性はちらりとこちらに視線を向ける。

「やり続けるって」

「なぜ、やり続けるんだ」

問いに、栢山は一瞬押し黙る。「なぜ、とか、何のために、とかみんな訊くんだな」

小さく呟くと、鞄から三ツ矢サイダーを取り出して呷《あお》り、居直ったように答える。

「別にないです」

「ない？」

「目的も理由もないです。ただ、やり続けるだけです」

そう見得《みえ》を切ってみたが、返ってきた反応は飯を食《は》む音ばかりだった。

栢山は少し正直に答える。「考えたんですけど、考えても分からなかったんです」ならもういいやと思って、と続けると宙を見上げる。とりあえず、と付け足す。「空っぽのまま進む、で」

「それで、やり続けられると思うのか」やがて、言葉が返ってくる。

「約束したので」ともう一度繰り返し、だから、とまっすぐ男性を見て続ける。

「約束を守ってください」

「お前と約束した覚えはない」

「でも」

食べ終わった弁当をビニール袋に入れて片付けると、カウンターで立ち上がる。「柊先生との約束は、守る」

改めて品定めするように、陽光を背に男性は栢山を見遣る。と、手に持っていたビニール袋を掲げる。「この弁当屋は知っているか?」

唐突な質問に、意味も分からず頷《うなず》くと、「買ったことは?」と質問が続き、また頷く。

「じゃあ、この店のメニューを全部買うといくらになる」

ようやく意図を理解した栢山は、一瞬の間ののち、答える。「6520円」

男性は、口をつぐむ。頭の中で何かを計算するように。「本当なのか」

「知ってるんですか」

「柊先生が話していた」男性は手短に答えると、口元を隠すように顎《あご》に手を当て、また黙り込む。そういえば、と栢山は思う。この人は、表情がほとんど変わらない。短髪の下、丸い眼鏡の奥の切れ長の目が、演算するように時折わずかに動くくらいだった。しかしほどなく、解が出力されたのか、口元から手が離れる。

「E^2、やってるだろ」

「E^2?」栢山が怪訝《けげん》な顔を見せる。

男性が眉《まゆ》をひそめる。「知らないのか」

「何すかそれ」

「E^2も知らないのか」

「だから何すかそれ」

「何やってきたんだ、今まで」

「高校までは自由にやれって、柊先生が」

「まじか」男性の表情が、初めて現れた。どこからどう見ても、うんざり、という顔だった。


E^2。

謎を意味する、エニグマ。

発見を意味する、エウレカ。

二つのEを冠した、ネット上の場所。

それがE^2。

開設したのは、フィールズ賞を受賞した、夜の数学者と呼ばれる日本人。世界中の数学者、数学愛好者が共同で素数研究をするコミュニティサイト、ポリマスに範を得たとも言われているが、こちらは日本の数学力を世界に匹敵するものに押し上げたいという目的で設立され、その当初の願いに違《たが》わず、全国の中高生が数学という共通項の元に集まり、話し、解き、意見を交わし、決闘する場所になっていた。

カウンターに寄りかかって栢山のタブレットを操作しながら、要点だけかいつまんで男性が話し終える頃には、ガラス戸の外の光は色づき始めていた。栢山は、説明の最後の方に出てきた単語に反応する。

「決闘?」

取り合わずにいる、つまりは無言で肯定する男性に、質問を重ねる。

「数学で、決闘?」

「ガロア以来の伝統だろ」

「ガロアが決闘したのは恋敵とで、数学は関係ないすよね」

「知ってるのか」男性は、鼻で笑う。「でも、フェラーリとタルタリアは数学で決闘している。こっちはちゃんと数学での勝負、計算勝負だ。16世紀イタリアでは、武術や歌合戦のように数学の試合があって、勝負の対象だった」

「数学に勝ち負けがあるなんて、柊先生は言わなかった」

操作を終えたのか、奥に歩いてきてタブレットをテーブルの上、栢山の前へと置く。

「お前、数学オリンピックで予選落ちしたんだろ。負けたってことじゃないのか」ろくに学んでもいないのに受けるとは、度胸がいいのか恥知らずなのか、と男性はカウンターに戻っていく。

「数学を続けられるのは、ほんの一握りしかいない。数学オリンピックで皆が金メダルを取れるわけじゃない。その先、本格的な数学の世界に入れば、新しい証明を誰よりも先にモノにできるかどうかの、より過酷な生存競争が待ってる」

世界で発表される数学の論文は、一年に一万頁《ページ》。それも要約版で、だ。そこにさえ入れない人間の方が多い。そういう人間が、今この瞬間にもふるい落とされて、数学の世界を去っていく。

「だけど」

「十河《そごう》さん」男性は冷静な口調で差し込んでくる。

「だけど十河さん」栢山が復唱するが、十河がそれを遮る。「勝ち負けじゃなくて、問題を解けなかっただけ、ってことにした方が納得できるなら、そうすればいい。だが、誰よりも多く問題を解かなければいけないことに、変わりはない」

ピン、とタブレットが音を立てる。

二人が同時にテーブル上のタブレットを見る。

「お客さんだ」十河が言う。「別にやらなくたっていい。俺は困らない」

カウンターに寄りかかってこちらを見下ろしたまま、十河は言い捨てる。栢山はそちらをしばらく睨み上げていたが、やがて隣の椅子に置いた鞄に手を突っ込み、がばりと白紙の束を取り出し、テーブルの上に置いた。

どさり、と音を立てて。

「やるよ」

腕組みしたままその様子を眺めていた十河は、いつもそんなに紙を持ち歩いてるのか、と鼻白んだ。

相手が提案してきた開始時間にタブレットで承諾の返事をすると、ペンケースから、削り立ての鉛筆を三本取り出す。カウンターと反対、右を見上げる。大小の柱時計が、同じ刻《とき》を記して見下ろしてきた。数分後、彼らが一斉に鳴れば、それが始まりの合図になる。

タブレットに正対して、座り直す。ひとつ、深呼吸する。

目をゆっくりと開ければ、いつもの時間。

問題を始める前の、その時間。

真っ白の時間。

まっさらの時間。

目の前に積まれた、何も書かれていない紙のように。

そう。

いつもと同じ。

問題に飛び込んで、解くだけ。

自分が、笑ったような気がした。

テーブルにわずかに届く、色づいた夕日に気づく。

頭上から、音が洪水のごとく降り注いだ。

解き放たれたように、飛び出す。

目の前のゲートが開いた競走馬のように。

鎖を解かれた犬のように。


「おお、お前か」

夕暮れの研究室の真ん中、数字の壁の前に置かれた机に足を乗せて論文を読んでいた主が気配に振り返ると、本棚の間を抜けてくる少年の姿があった。両手で胸に抱くようにして、前に渡した本を持っていた。

子犬のように辺りを窺《うかが》いながらおずおずと少年は近づいてくる。と、本を両手で主へと差し出す。前に来たのはいつだったっけ、と主は考えながら、問う。

「読んだか？」

「ちょー読んだ」

「ちょー読んだか」

じゃあ、分かったんだろうな、と主は足を下ろし、持っていた論文を机に放り投げる。

「素数は、無限にあるか」

「ある」

「証明せよ」

色づく陽に照らされた小さな顔は、きゅっと口を結んだが、すぐに開く。

「素数が、無限じゃないとする」

「有限とする」主は言い直す。

「そうすると、最大の素数がある」

「ことになるな」

「最小の素数から、最大の素数まで、全部の素数をかけ算する。できた数字に、1を足す」

「ほう」

「できた数字は、素数だ」

「なぜその数字が素数なんだ」

予期せぬ合いの手だったのか、瞬間口をつぐむが、すぐにまた開く。「全部の素数、どれで割っても1余って、割り切れないから」

「その通りだ」主は、優しい声を出す。

「できた数字は素数で、最大の素数より大きいから、最大の素数より大きな素数があるってことになっちゃう。これはおかしい」

「矛盾する」

「矛盾する。だから、最初が間違っている」

「最初の仮定が間違っている。つまり」

「素数が有限である、という仮定が間違っている」

「だから？」

「だから、素数は無限だ」

「よくできた」

主は、夕刻にまどろんでいた本棚の本たちが驚いて起きるのではないかと思うほどの大声を上げた。少年はびくっとのけぞるが、すぐに褒められたと気づいて、顔を犬みたいにほころばせる。

「納得か？」

「なっとく」

「もっと知りたいか？」

「見つけたい」

「見つけたい？」

「自分で、見つけたい」

「なるほど。志が高いな」主は、ごま塩頭を手で撫でた。

「どうすればいい？」

そりゃ簡単だ、と主は応える。

「やり続ければいい」

意味が分からずにぽかんとする少年の顔に、主は苦笑する。

「とにかくやり続けていくんだ。やり続けていれば、いつか着く」

「どこに？」

「どこかに。たとえそこが、お前の想像さえしていなかった場所だったとしても、な」

「えー、やだ」

ははは、と主は笑う。


春の日は、まだ暮れるのが早い。

暮れ始めたと思ったらあっという間に暗くなっていた。スイッチを入れると、本棚の隙間のあちこちにあるランプシェードの灯りが点《とも》る。それでも、栢山は気づいていないように微動だにせず、紙に書き込み続けていた。

見上げた集中力だな、と十河はカウンターで珈琲をすする。先ほどから古本を整理してあちこち歩き回り、二階へも上がったから床がぎしぎし言ったりもしただろうが、いつ見ても同じ姿勢だった。鉛筆は時折止まり、そうかと思えばすさまじい速さで書き進める音が聞こえてくる。

お前に頼みたいことが、ふたつあるんだ。

先生に報告に行ったとき言われた言葉が、ふと蘇《よみがえ》る。先生はまったく驚くそぶりもなかった。まあ、お前はいつかそう言うかもと思ってたからな、とこともなげに話す。

俺に数学の才能がないって思ってたってことですか。むっとして言ったら、先生は、お前むっとしてるときも能面なのな、と笑った。その後、なんて言われたかはよく覚えていない。何も言われなかった気もする。

でも、頼まれたことは覚えている。

ひとつは、研究室にあった先生の蔵書を移転して作った古書店、九十九書房を引き継ぐこと。

もうひとつは。

いつか高校生の坊主《ぼうず》が来たら、そいつに数学を教えてやってくれ。もし来たら、でいい。

なんですかそれ。本当に来るんですか。

分からないけど。まあ、たぶん来るけどな。

また珈琲をすすり、古書に囲まれた天井の高い奥の部屋で、タブレットと紙以外のすべてを忘れて問題を解き続ける栢山を見る。まるで秘密の部屋で秘密の呪文《じゅもん》でも紡《つむ》いでいるような勢いだった。

ふと、さきほどから、栢山がタブレットにまったく触れていない、と気づく。新しい問題を表示するには、タブレットをスワイプする必要がある。なのに、それをしていない。

30問、60分。ジャンル不問の同じ問題群に取り組み、多く正答した方が勝ち。そういうルールを設定したのに、新しい問題を見ていない、ということは。

最後の問題に到達したのか。それは考えにくい、と思われた。とするならば。

ある一つの問題に取り組んでいるのか。

勝負を捨てたのか。

あるいは、行き詰まったのか。

しかし、目を落としたままの横顔には焦《あせ》りも悩みも浮かんでいなかった。栢山のさらに奥に居並ぶ時計を見遣る。時間は残り少なかった。

紙を滑る鉛筆の音がリズムを刻んでいる。

栢山が聞いていた音は、それだけだった。あの雪の日の予選もそうだった、と頭をよぎる。

なぜこんなに分からないんだろう。

あの時思っていたのはそればかりだった。

どうして、こんなに解けない問題があるのだろう。門のように閉ざされ、拒まれる。

その先の景色は見えない。

いつか、開けてやる。いつかの自分なら、きっと開けられる。そう思う。

でも、待てない時もある。

今のように。読んだ瞬間、どうしても解きたいと思った、目の前の問題のように。

どうしても、今、その先が見たい。

まるで解かれるのを待っているように、誘《いざな》っているように、見える。解くのはたやすくない、でも、解けないことはないかもしれない。呼ばれている気さえする。その予感ただひとつを根拠に、飛び込む。

思いつける、あらゆることを考える。

思いつけないことも、思いつこうとする。

ここはどこだろう。

問題を解く。その間だけは。

ここではないどこかにいる。

そこは息苦しい。

そこは心細くなるほど広漠。

でも、いつだって静かだ。


時計の大合唱が終了を知らせ、結果はすぐに出た。タブレットで確認している十河をよそに、栢山はガラス戸の外がすっかり暗くなっていることに驚き、いつの間にか室内が橙色《だいだいいろ》の灯りに満ちていることに目を見開きながら、ペットボトルを開ける。

ふと、何かが足を撫でた感触に床を見ると、日が沈んでどこかから戻ってきた住み込みの猫が、栢山の足にさわりとまとわりついていた。白い地に茶や黒が抽象絵画のように配置されているその背中を撫でると、栢山は自分の手が冷たいことに気づく。猫は目的を達成したのか、そのまま奥の寝床へ歩いていった。

「大敗だな」

十河の声に体を起こせば、ガラス戸の外には向かいの沿道の桜が、街灯をスポットライトのように浴びて桃色に浮かび上がっていた。何も答えない栢山に、十河は課題を申しつけた。同じルールで決闘をあと四回しろ。したら、また来い。

分かった、と答えると、栢山は紙や筆記用具を鞄にしまい、立ち上がる。カウンター手前の三段ある段差を上がり、タブレットを返してもらおうと手を伸ばすと、十河はそれに気づいていないようにタブレットに見入っていた。やがてカウンター前に栢山がいることに気づいた十河が、何も言わずにタブレットを渡してくる。

「なあ」

ガラス戸を開けようとした栢山の背中に、十河の声が届き、振り返る。

「負けたのに、晴れ晴れしてるな」

十河が言うと、栢山は戸に手をかけたまま、一瞬考える様子を見せたが、すぐに口角を少し上げて、小学生みたいにはにかんだ。

「解きたい問題が、解けたから」

そう言い残してガラス戸を開けて出て行った。その隙に入ってきたまだ肌寒い夜の空気に腕を組んで、十河は外の桜を見ていた。

栢山が言ったのは、問22のことだとすぐに分かった。やはり、他の問題に行くのをやめ、その問題に取り組むと決めていたのだ。そして、答えにたどり着いていた。相手は、たどり着いていなかった。

十河がタブレットを食い入るように見ていたのは、ふたりの決闘を物見遊山《ものみゆさん》していた人が気づいてコメントしていたからだった。

——問22、一ノ瀬《いちのせ》の十問じゃないか。

懐《なつ》かしいその言葉に問題を見返せば、確かにその通りだった。調べれば案の定、その問題の今までの正答率は他の問題より群を抜いて低かった。条件に即して問題がランダムに選択されるとは言え、なぜそんな問題が混じっていたのかは分からない。それでも、あの一ノ瀬の十問のひとつが混在していて、栢山は、それを解いた。問22に比べればずっと難度の低い問題さえ、解けていない。

本当に、誰にも何も教えてもらってこなかったんだな。

十河は、栢山の消えた路上にひらひらと散る桜を見ていた。

「まだあったか、あの古本屋」

「そりゃあるだろ」栢山はカツカレーを食べながら答える。

「約束通り、教えてくれる人がいたんだな」大柄の東風谷《こちたに》がラーメンを食べ終わってやきそばパンのラップを開けた。

「キフユも見かけによらず律儀《りちぎ》だったんだな。髪薄かったのに」学食の喧噪《けんそう》に負けない声を出して、蓼丸《たでまる》はきつねそばをすする。

「髪は関係ないけどな」東風谷がつっこむ。蓼丸は意に介さない。

「で、どんな人だったのよ」

どんなって、と栢山は思い出す。「愛想なかったな」

「面倒なんだろ、それ」

「かも」

「教えてくれることにはなったんだろ」

東風谷の問いに、たぶんな、と栢山は返事する。

「あそこの時計を管理してるくらいだから、面倒見はいいだろ」東風谷が言うと、蓼丸が目を見開く。

「うわ、あったな時計。ごんごんうるさかったな。うわあ、すげえ懐かしくなってきた。キフユいなくなって、どのくらいだろ」

「小学校卒業前だから、もう三年以上だろ」と東風谷。

「1134日な」栢山が正す。

「まじか。光陰だな」蓼丸が大げさに驚く。

小学生の頃の九十九書房での数学教室を思い出したのか、三人ともしばし何も言わず咀嚼《そしゃく》していた。蓼丸がくしゃみを突然連発する。うっすら目が赤いと思っていたが、花粉症か。

「おかげで算数得意でもないのにオイラーの等式だけは知ってるしな」

「あったあった。見ろ、これが数学の宝石だ」鼻を啜《すす》りながら蓼丸が物真似《ものまね》をする。

「言ってた言ってた」

「東風谷も蓼丸も、来ればいいのに」

「俺は山岳部だから」東風谷が食べ終えてラップを丸める。

「俺も忙しいから」蓼丸はそばの汁を飲む。

「何が」

「生徒会に入るんだよ」

「生徒会？　お前が？」

「論理的結論だ」

意味が分からず顔を見合わせる東風谷と栢山に、蓼丸はしたり顔をする。

「部活に入れば多くても20人、クラスで20人で、計40人。でも、生徒会なら3年までの全校生徒と関わる可能性があるとすると、２４０人」

「何の数字だよ」

「女子じゃないか」東風谷が椅子にもたれかかる。

「さて、ここで女子一人に告白して成立する可能性を1％とする」

「平均にしても高すぎる」

「いきなり告白して成立するって仮定はどうかね」

問髪入れない二人のコメントを、蓼丸は手を振って却下する。「では、部活と生徒会で、少なくとも一人の彼女ができる確率は？」

「少なくとも一人って、二人できたらまずいだろ」と東風谷。

「あの、お前、うっさいな」

視線を右下に落として黙っていた栢山が、計算を終える。「前者が33％、後者が91％」

「計算したのかよ」東風谷が呆《あき》れる。

「相変わらず早いな」要求しておきながら蓼丸は言葉を失う。「というわけだ」

「前者と後者だとたぶんかかる時間が違うよね」

「40人に告白してまわるのと、240人にやるのとじゃあな」東風谷が笑って水を飲む。

「うるせえな、山岳部なんて、山登る以外暇だろうが」

「筋トレと技術磨きだよ」

男だけでやってろ、と蓼丸は手を振る。ま、いずれにしてもな、と栢山を見る。「いつまでも数学やってる暇はないんだよ」

蓼丸が立ち上がるのを機に、東風谷もトレイを持つ。「同じことをずっと続けるってのは、俺はうらやましいけどな」

「いやいや。高校生活なんてあっという間だぜ、どうせ。いろんなことに興味持って、目移りして、あれやこれやに飛び込んで行かなきゃならないわけ」

蓼丸が、まるで経験済みのように語る。

「青春は、やったもん勝ちだからな」

そうなのか、と思いながら、栢山も立ち上がる。学食は、人、人、人、で騒がしい。新入生も三年生も混じり合って、そこに晴れた春の陽が注ぎ、すべての人が楽しそうに見える。さまざまにあるはずの声も、折り重なって、弾むように楽しさに満ちて聞こえる。放課後もきっと、ここは人がいるだろう。

二人と別れて、教室に戻らず、栢山はまだ不案内な学校を、まだ見つけることができていないものを探して散策する。同年代が、歩き、走り、新しい季節を謳歌《おうか》しているのを眺めながら、人のいない方へと向かう。まるで猫のようだな、と思う。それにしても、どれだけの人がいるのだろう。数字としてはもちろん知っているけれど、数字を思い浮かべても、目の前の光景と結びつきそうで結びつかない。現実があって、その一側面を切り取る数字がある。現実は数字になると、いつだって何かを失っている。歩きながら、今までの決闘が望まなくとも浮かんでくる。相手は、実名と思しき名前の人も、スピードスターやら課長風月やら変な名前の奴《やつ》もいて、虚実の名前が混在しているからか、E^2は何やら不思議なところに映った。終われば大抵それきりだが、メッセージを送ってくる相手もいて、例えばスピードスターという相手からは、こんなメッセージが届いた。

安心しろ。峰打ちだ。

予鈴が鳴り、探索を断念して、教室に戻る。五限は英語、六限は数学だった。まだどの授業も助走運転で、どの辺に自分の探しているものがありそうかと考えていたが、数学の教師の話に中断された。

「数学なんか勉強して何の役に立つのか、って言う奴いるだろ」

ワインレッドのカーディガンを着た猫背のその教師は、開いているのかいないのか分からない眠たげな眼をして、授業と何の関係もない与太話を始めていた。

「少なくとも受験には役に立つけどな。それだけでもだいぶ役に立ってると思うけどさ」

でも俺文系だし、とさわさわする生徒の中から声がすると、そう言う奴もいるんだよ、と話を続ける。

「お前がどんな人生歩むか分からないのに、どう役に立つかなんて分かるわけないじゃん」と、こともなげに数学教師は言い放った。「今からさ、何が役に立って何が役に立たないか分かってる方が気持ち悪いでしょ。仮にそれが分かったとしてもさ、じゃあ役に立つことだけやればいいってのも、おっさんはどうかと思うわけ」

なんだか愚痴めいてきたが、口調はいたってほがらかであっけらかんとしている。

「君らがよ、数学教師にも会計士にも統計学者にも建築設計士にもマーケターにもならないと分かっているわけじゃないでしょ。ならねえよ、って思ってたってね、そんな今思ってることとなんてまるであてになんないから。世の中の大半の人は、高校のときには夢にも思っていなかった職業に就いてるもんだって」

胡散臭《うさん》そうな顔で聞いている生徒たちに気づいているのかいないのか、数学教師の弁舌は快調そのものだった。快調すぎて、呑《の》んでるのかと思うほどだった。

「人生、計画通りにならないってのが、一番面白いところだから。カニのみそが思ったより旨《うま》い、みたいなことと」最後の例えが教室中の生徒の頭にクエスチョンマークを立たせ、「何、今の」と顔を見合わせているのにも構わず、「そういうわけで、整式からやってきましょうかね」と黒板に向き直ってチョークを手にいきなり授業に入る。

「部活、どこに入った?」

授業が終わると、放課後の喧噪に変わる。入学式からまだ数日、新しい教室、新しいクラス、新しい同級生。誰もがおずおずとお互いにさぐり合いながら手を伸ばす空気に包まれている。

前の席の丸坊主の男子が、机の上を片づけながら振り返ってきた。

「いや、どこにも」

そう答えながら自分も帰り支度をしていると、丸坊主が珍しいものを見るような目をしていた。

「部活見学、行かなかったのか」

「行かなかった」

「部活盛んな高校なのに？」

「そうなの？」

「中学は？」

「入ってなかった」

「あ、そっち系の青春？」

そっち系？

「入る気ないのか」

「まあ」

「おいおい」鞄を肩に担《かつ》ぎ、大きな巾着袋《きんちゃくぶくろ》を持つ姿は、まぎれもなく運動部だった。

「おい、王子《おうじ》！」教室の入口からした声に、丸坊主は応える。そうだ、王子って名前だ、と栢山は内心思う。丸坊主の王子、と心中で呟いてみる。丸坊主の王子は、ぽん、と栢山の肩に手を置いた。

「青春は、待ったなしだぞ」

出ていく丸坊主の王子を見ながら、青春は、いろいろ系列があったり、せっかちだったりもするらしい、と心にメモし、すぐ左に広がる窓の外、春の街を見遣る。栢山は、苗字《みょうじ》の順番から窓際《まどぎわ》の席になることが多かった。高校で最初の席も、窓際の一番後ろだった。校庭には解き放たれた生徒が落としたポップコーンのように広がっていて、その上を花吹雪が舞っている。さて、自分も青春するか、と立ちあがる。自分がやろうとしていることが青春かどうか、は知らないけれど。

考えた結果、目星をつけて旧校舎に向かう。書道教室などの特別教室を通り過ぎ、文化部の部室になっているらしき教室を過ぎていく。天文部は宇宙を思わせる黒く塗った段ボールに白字で宇宙部と書いた看板を掲げており、美術部の前にはいくつものカラフルな絵が、ディスプレイされているのか放置されているのか分からぬ感じで立てかけてある。誰もいない明るい廊下には、春が沈殿している。

二階を探そうと階段を上りきった矢先、端にぽつりと離れてある教室に「数学研究会」という紙が貼《は》られているのが目に入った。扉上部のガラスのところに、さもとりあえず貼りましたという風情《ふぜい》だったので、ふと足を止めて見ていると、からりとその戸が控えめに少し開き、隙間からショートボブの眼鏡の女子がこちらを窺っていた。

何も言わずに三秒くらいそのままお互いを視認したまま止まっていたが、やがて栢山は軽く会釈《えしゃく》し、見なかったことにして反対の廊下に進む。

そして、その廊下の一番奥で、目当てのものをようやく見つけた。

人の来ない、誰も使っていない教室。

なぜか音が大きく出ないようにゆっくり戸を開いて入り、閉じる。

午後の、オレンジ色を一滴たらしたような陽射しが差し込んで、埃《ほこり》がワルツを踊っていた。一階やグラウンドの部活の声は遠くかすかで、まるでここだけ廃校になって百年経《た》っているようだった。

後ろにある、埃を次々着陸させている机と椅子のひとつを何もない教室の真ん中に運んで置き、干からびた雑巾で天板と座面の埃を拭《ふ》きとると、椅子にひとり座る。

タブレットを起動して見ると、決闘の時間までもうまもなくだった。

間に合った。ふう、と息を吐くと、白紙と鉛筆を取り出して机に置く。

静かだった。斜めに差し込む光が黒板を切り取っている。

と、それを破るがらがらと戸を引く音が響く。

見ると、涼しい顔をした男子が、人がいたのか、という顔をしている。後ろにも何人かの男子がいる。

「使ってるの？」

そう訊かれれば、自分がここを占有する理由はまったくないが、時間的にそうも言っていられないので、どう答えようかと一瞬思案し、「使います」と答えた。

ふーん、と口元を少し緩め、目を細めて男子はこちらを見ていた。

が、やがて何も言わずに、周囲の男子と廊下を引き返していった。戸は開けたままで、隙間から笑い声が遠ざかっていくのが聞こえた。栢山は立ち上がって、戸をゆっくりと閉める。

静かになった。

春の膨張する光が、そこここに満ちているのが、分かった。

始まりに備えて凪《な》いでいく心、そのどこかで。

どうして、自分は静けさが好きなんだろう、とふと思う。

こうして誰からも遠く離れなければ、静けさに辿り着けない。

ひとりにならなければ。

なぜ、ひとりになる必要があるのか。

ひとりでいるときが、一番自由だからか。

タブレットが、始まりを告げた。

小学生の時にたびたび歩いた道を、またたどる。

駅の反対に出て、三回角を曲がり、六十七段の石段を登り高台に出て、十七本目の電信柱のそばにある十一本のラインのひかれた横断歩道を渡れば、九十九書房につく。この道を歩くたびにいつも、書店の名前だけが仲間外れだ、と思っていたのを思い出す。

九十九だけが素数じゃないから。九十七とか百一とかにすればいいのに、といつもキフユに言っていた気もする。

　ガラス戸を開けると、カウンター横の狭い通路に先客があった。真っ赤なスプリングコートを着て、バイオリンケースをもった女性だった。カウンターにいた十河と話していたのか、二人でこちらを振り向く。能面なのに、ちっと舌打ちするような雰囲気が伝わってくる十河、その横で何かを察したように女性は顔を明るくする。

「ひょっとして、この子が柊先生の？」

　大人の声でそう訊ねる女性に、十河は、そうっす、と必要最小限の短さで答える。女性は、栢山を品定めするようにまじまじと眺めていた。

「数学は、楽しい？」

　問われて、最後の決闘をさっき終えたばかりの栢山は、浮かんだ答えを口にする。

「ムカつきます」

　女性は目を丸くしたかと思うと、あははは、と笑った。「ムカつくかあ。そうだよねえ、ムカつくよねえ」いいね、さすが柊先生の隠し子だね、と十河に話しながら、カウンターの書物の山の一番上に置かれている紙袋に包まれた本を、肩にかけた鞄に入れる。じゃあね、と狭い通路をこちらに向かってきたので、栢山は体を横にしてすれ違う。ふんわりと嗅《か》いだことのない匂《にお》いが鼻をかすめて、ちりん、とガラス戸の鈴が鳴る。

「いつか、数学を倒してね」

振り返った女性は、会釈する栢山にそう言い残すと、ガラス戸の向こうに去って行った。背後で、十河は明らかにほっとしているように思えた。

「彼女すか」

カウンターからは、何のリアクションもなかった。一ミリも。栢山は奥のテーブルに行き、鞄を置く。

「結果は？」

十河の声が、後ろからかかる。

「四戦全敗」

「だろうな」

すぐ返ってきた言葉に振り返ると、十河は古書を検分していた。「なぜか分かったか」

予想外の問いに、栢山は考える。なぜ全部負けたか。相手より多く解けなかったから。それはなぜか。分からない。自分が解けなかった問題をなぜ解けなかったのか、という問いと同じだ。それが分かるのなら、なぜ解けないか分かるのなら、その問題は解けているはず。

「才能だけで解いているからだ」

十河が、答えを告げた。意味がつかめない。才能以外の、何で解くというのだろう。

「お前は一度見た数字を覚える才能がある。普通の人よりも。たぶん、俺よりも。その並外れた数字に対する感覚で、問題を解いている。それが発揮できる問題は解ける。多少難しくても。でも、残念ながら」

言葉を切った十河は、栢山が食いつくように聞いているのを察する。

「数学は、数字だけでできているわけじゃない」

唐突な言葉に、栢山は絶句する。

「じゃあ、何でできているんすか」

「論理」

シンプルすぎる答えだった。

「ユークリッドの、素数が無限にあるという証明に使われている背理法も、論理だろ。素数が無限にあると証明しているのは、論理だ」

懐かしい、倉庫みたいな研究室の風景が浮かぶのを振り払いながら、そう言われると確かにそうだ、と腑に落ちる自分がいた。

「今までお前がやってきた、そして今もやっている数学は、ルールを覚えて、その使い方を学ぶゲームだ。ルールをよく使いこなせる人間が、優秀とされる。でも、それらのルールのすべては、誰かがどこかで発明した、あるいは発見したものだ」

数学って、何？

虚数は、もともとこの世にあったの？

ゼロは、インド人が見つけた。それは発見か、あるいは、発明か？

今度は雪の中の喫茶店が浮かぶ。

「大学にあがってもしお前が数学を続けるのなら、そのとき、本当の数学が始まる。それは、新しいルールを開拓するゲームだ」

アラビア数字も、小数点も、モジュラー算術も、虚数も。

何もかも、作られたもの。

ゲーム、という言葉に、違和感を覚える。

ただの、ゲーム？

――ただの、暇つぶし。

また、彼女の言葉が蘇る。

「で、俺はどうすれば」と、言葉を切る。「勝てるんすか」

暖色《いろど》のランプに彩られて本棚の本がオペラの観客よろしく観劇する元、十河は検分し終えた本と、山の上の本を手に取って、こちらに掲げてきた。栢山は奥のテーブルから、カウンターに歩いていき、それを受け取る。

「この三冊を繰り返しやり続けろ」

本をぱらぱらめくる。何の変哲もない普通の問題集に思われた。

「やり続けるって、どのくらい」

「すべての問題を、見た瞬間に手を動かさず頭の中でそらで解けるようになったら、また来い」

十河はカウンターの本に埋《うず》もれているパソコンをもう叩《たた》き始めていた。

三冊の本を鞄にしまう。さきほどこのなかの一冊を検分していた十河の姿を思い出す。自分のために、あらかじめ選んでくれていたのか。また来ることを想定して。

「十河さんは、数学をやってたんですか」

「やってなかったら、こんな面倒なことせずにすんでたな」

「どうしてやめたんですか」

キーボードを叩く音が止まる。十河がカウンター越しにこちらを見遣る。あいかわらず能面だった。どう答えようか考えているのか、あるいはこのガキ殴ってやろうと思っているのか、心中はまるで分からない。ちく、たく、と針の重奏が耳に入ってくる。

やがて、十河は何も言わず、またモニターに向き直って打鍵を再開した。

「お前、やり続けるって約束した、って言ってたよな」

「はい」

「まだそのつもりなんだよな」

「もちろん」

じゃあ、と十河は小さな溜息《ためいき》を漏らす。

「やり続けていれば、いつか分かる」

しばらくその続きを待っていたが、それで話が終わったようなのを察すると、栢山は鞄を担ぎ直して出ていこうとする。外はもうすっかり暗く、夜が始まっていた。

「おい」

そこに、声がかかったので振り返ると、返ってきたのは一言だった。

「その本、売り物だから書き込むなよ」


校庭の桜は新緑になり、黄金の週が終わり、中間テストがあった。

教室は、ふわふわ浮遊していたものがつながり合って定着するごとく、落ち着きを見せ始めていた。新しい日常が、形作られていく。

さわさわと遠くで聞こえる新緑のざわめきと、強い光のなか、午前最後の授業で話す教師の声をバックミュージックに、栢山はすっかり開き癖のついた本を開いて、問題を読んでは目を閉じて頭の中で解法を思い浮かべる、を繰り返していた。

チャイムが鳴り、そもそもやる気がなかったのかと疑うくらいすっぱりと教師が授業を切り上げると、昼休みへ大渦みたいな大移動が始まる。その流れをかきわけて、パンの袋をもった蓼丸がやってきて前の椅子に座る。栢山も朝買っておいたパンを取り出す。

「バナナコーヒーってなんだよ」栢山の飲むブリックパックにツッコミを入れる蓼丸が飲んでいるのは、イチゴコーヒーだった。

「イチゴコーヒーとバナナコーヒーで争ってもしかたあるまい」

「ま、そうだな」

二人、たまに暑く感じることも増えてきた陽射しと、音もなく揺れる白いカーテンのそばで、黙ってストローを吸う。蓼丸が呑み込むように食べているので訊くと、昼休みにもやることがあると言う。

「生徒会って、忙しいのか」

「というより、あっちの方がな」

「あっちの方？」

「そ、あっちの方」

「どっちだ、それ」

「あっちだよ」

「失礼ですが」

いきなり違う声が降ってきた。二人で振り向くと、ショートボブに眼鏡をかけた女子がこちらを見て立っている。蓼丸がすわ自分に用か、と体を起こしかけるが、明らかに視線が栢山を向いているのを悟る。見たことがある、と栢山の頭をつつくものがあり、旧校舎の数学研究会と貼られたドアからこちらを覗いていた彼女を思い出す。

「栢山さんでしょうか」

そうだけど、と答えると、「E^2で決闘してましたよね」と彼女は一歩近づいて続けた。なぜそれを、と訊こうとすると、先に「E^2で見つけた話をしたら、時岡《ときおか》先生に『それはうちの学校の2組の栢山じゃないか』と」と彼女が説明する。

時岡、という名前が宙を舞い、ああ、あのワインレッドカーディガンの数学教師か、と像を結び、そうすか、という言葉を口にする暇《いとま》もあらば、もう一歩彼女は近づいてくる。なぜ近づくのだろう、と思うのと同時に、前の席の蓼丸の目が徐々に鋭くなっているのが伝わってくる。

「ひょっとして、知らないんですか」

「何を」

「最近、E^2に行ってますか？」

行っていなかった。三冊の課題が済むまで行くな、と言われており、四連戦以来、E^2を開いてさえいなかった。知らないことが伝わったようで、彼女は眼鏡の奥で目を少し丸くすると、持っていたタブレットを操作して、こちらに見せてくる。栢山と蓼丸がふたりで覗くとそれはE^2のなかの掲示板らしかった。

「京《かなどめ》 香凜《かりん》がE^2に現れたんです」

「誰それ？」

それも知らないのか、と無言で彼女の目はさらに丸くなる。彼女がタブレットをスクロールする。いろんな人が書き込みしているらしく、数珠《じゅず》つなぎに繋《つな》がっている。賑《にぎ》わっているようだった。その祭りの一番上に、京香凜という人物の書き込みがあった。

1が1つ。1が2つ。1が1つに2が1つ。

時が止まった。止まったのは自分の息か。

雪の中の喫茶店、そこで目の前に座っていた、白い頬をした女性。

眩暈《めまい》のように、フラッシュバックのように、その姿が浮かぶ。

京香凜、その名があの雪の日の彼女のものだと、悟る。

彼女の、一見意味不明の書き込み、それは。

あの日、栢山が出した数列の答えだった。意地の悪い、数学の問題とさえ言えない問題の。

知っていたのか。それとも解いたのか。なぜ今頃答えをあげてきたのか。

「京さんはE^2に現れたことがなかったんです、今まで」

眼鏡の数学研究会さんの言葉どおり、連なる書き込みは、京がE^2に現れたことに対する驚きで占められており、そして、栢山とは誰だと騒ぎになっていた。五連敗のことも知られるところとなっており、なぜ京はこの栢山某《なにがし》を名指ししているのだと誰もが口にしていた。

彼女の書き込みが、こう続いていたからだった。

　いい暇つぶしだった。
　そう、栢山君、これが数学。

自分がE^2に現れるのを待っていたのか。

何かを期待するような眼鏡の数学研究会さんの視線と、何かを抗議するような蓼丸の視線を感じながら先を見ると、最後に二行、さらに付け加えられていた。

その二行こそが、混乱の震源地らしかった。

　でも、これこそが数学。
　1 2 6 25 45 57 299 372 764 1189 2968 14622 ……

京香凜。

二年連続で国際数学オリンピックに出場したのみならず、その二年とも金メダルを獲得した。二年連続は日本人初であり、そもそも女性で金メダルも初。眼鏡の数学研究会さんがタブレットで見せてくれた昨年の結果を報じた記事、その集合写真の真ん中に彼女はいた。そんな彼女が今年の数学オリンピック予選に姿を見せなかったことも話題になっていた。

自分のせいだろうか、と午後の授業の間、栢山は考えていた。あの時、栢山は時間を見て間に合わないと席を立ったが、彼女は座ったまま、数列に入り込んでいた。一応声をかけ、ひとり雪の中へ飛び出し、会場へと急いだ。会場がすこしざわついていたのは、姿を現すはずの彼女がいつまでたっても現れなかったからなのか、と今振り返って思う。

やがてとめどない思索は、彼女の書き込みへと移っていった。どんな人物か知って、なおさら思う。なぜ今。なぜこんなに時間がかかったのか。「いい暇つぶしだった」、それはあの時の会話を受けてのものだとすぐに分かる。でもそれほどの人なら、あんな数列暇つぶしにさえならなかったはず。それ以上に分からないのは。

これが数学。

どういう意味なのか。左手をおでこに当てる。あの時、数学って何か、という会話をしたのは覚えている。しかし、自分の出したあの数列の、どこが数学だというのか。あんな、むしろ数学的数字的な法則とはかけ離れた、国語のような数列を指して、彼女はなぜこれが数学、などと言うのだろう。

そして、その後にあった数列。これこそが数学、という言葉。

その法則、意味をめぐって、E^2は沸騰《ふっとう》していた。

チャイムが鳴ったことにも、周りが放課後に突入したことにも気づかず、栢山は数列と彼女の書き込みとの間をぐるぐると巡り続けていた。これこそ、ということは、数学的法則とはかけ離れたものこそ、という意味なのだろうか、などと推理をめぐらせ、いやそもそも、なぜ彼女はそんな書き込みを残したのか、と思考は及んでいく。雪の日も、数学って何、などという問いを発し、今度は、これこそが数学、という書き込みをわざわざ付け足す。彼女は、何を考えているのか。

「あの」

すぐ近くで自分に向けて降ってきた声に、小動物のように顔を上げる。

目の前に、斜め前の席の女子が立っていた。

「話しかけても、いい？」

「はい」頭がまだ、数学を解く頭から人と話す頭に戻っていないのを急いで戻しながら、答える。撤退命令が出された軍隊みたいに慌《あわ》てている。

「あ、柴崎《しばさき》です」

名前が出てこないのがばれたのか、彼女は立ったまま名乗った。特に頭にきている風ではなかった。鞄を肩にかけて、よく見ると背中に何か長いものをかついでいる。

「はい」何だろう、と本部に戻ってきた軍隊が騒いでいる。

「数学を、教えてもらえないかな」

柴崎は、無表情のまま言った。いや、無表情ではないのかもしれない。おそらく自分の読み取りの問題なのだろう。

「数学」

「そう」

「どうして」

「数学が壊滅的にできないから」

「そうなんだ」

「そうなの」

「なんで俺に」

柴崎の答えは、躊躇《ちゅうちょ》することなく直線的だった。

「数学が一番だったから」

この前の中間試験のことだとすぐ分かった。それでも、別に教えてもらう相手は一番でなくてもいいのでは、とも頭をよぎった。柴崎がどれくらいの結果だったのかは知らないけれど、仲の良い、つまりはもっと気軽に教えてもらいやすい人に頼めばよいのではないか。と思っていたことが伝わったのか、柴崎は「それに」と言葉を継いだ。

「なんか栢山君、いつも数学の本を見ているから、得意なのかと思って」

人に見られていると知ってなぜか落ち着かなくなる。誰にも知られていないと思っていたことが知られていると分かると、尻《しり》がかゆくなる。「たぶん、みんなそう思ってると思うよ」柴崎が、そんなに驚かなくても、という風情で付け加えた。

そうなのか。それはいいとして。

数学を教える。

瞬時に浮かんだのは、自分に教えることができるだろうか、ということと、だとしたら、ということだった。

「今日も部活?」栢山はようやく立ち上がりながら、質問する。

「今日は休み」

「夙丘《しゅくおか》町は知ってる?」

なぜそんなことを訊くのだろう、という顔で柴崎は答える。「帰り道と言えば、帰り道だけれど」

十河から返ってきたのは、「お前が教えろ」という一言だった。十河に教えてもらえばいい、というあてが外れて栢山は面食らう。

「人に教えたことなんてない」

「何事にも初めてはある」

「三冊の方が」

「終わったらまた来い、と言った」十河は短く差し込む。「終わったから、来たんだろ」

信頼されているのかと思いながら、栢山は肯定の沈黙を返す。二人から少し離れて、
九十九書房に入ったところで柴崎は長いものを肩にかけて立っている。とりあえず奥で、と声をかけると、長いものを背負い直し、栢山の脇をすれ違って通っていく。奥の部屋の手前で、正面の壁を埋め尽くす時計に一瞬足を止めたが、階段を降りる。

「終わったなら、本、返してくれ」と、十河はとんとんと指でカウンターの本の山を指す。ここに置いとけ、ということだろう。「一ヶ月か」

「三十二日です」

「早いな」

「確かめないんすか」

「やっていなくて困るのは俺じゃない」

なるほど確かに、と栢山は鞄から三冊を出して、置く。奥で椅子に座ろうとしている柴崎のところへ行こうとすると、後ろから声がかかる。

「やってみてどうだった」

足を止めて、考える。

「解き方にもいろいろあるんだなって」

「それだけか」

そう言われると、何か付け足さねばならない気になる。「解き方にも、いろんな手触りがあるなって」本を検分してはパソコンに何かを打ち込む作業を一瞬止めて、十河が栢山を見た。

「そうか」

何かあるのかと思ったらそれだけで、また作業に戻っていた。話はどうも終わったらしい。どうにも十河の話は終わりがよく分からない。終わったと思ったら声をかけられるし、何かあるのかと思えばその先はもうない。

数学のように、もう少し分かりやすいといいのに。

考えながら、椅子に鞄を置き、柴崎と向かい合って座る。彼女は姿勢良く座っていた。

「人に教えたことがないんだけれど」

ああ、と柴崎はまっすぐこちらを見たまま、呟く。その後ろの柱に、担いでいた長い布袋が立てかけてある。

「とりあえず、テストで点が取れる程度になりたいんだ」

なるほど、と相槌《あいづち》を打つ。

柴崎は口をつぐんでこちらを見ている。

自分が話す番なのか？

テストで点が取れるようになるにはどうすればいいのか、解決策が出てくると思われているのか。どうするか。十河に課されたのと同じことをしてもらうか。同じ問題集を繰り返し解いてもらうのだ。それが彼女に通用するのか。何しろ自分に成果が出ているかどうかもまだ分からないのに。などと考えていると、柴崎がふん、と息を吐くのが聞こえた。栢山に考えがないのを悟ったのか、じゃあ、と口を開く。

「授業で分からなかったところを教えてもらってもいい？」

ああ、はいはい、と答える。

「今日は？」背筋を伸ばして、机の上に犬のように手をそろえている柴崎が訊いてくる。これから始めてもいいか、という意味だと察する。「大丈夫」と答える。どうも、柴崎の言葉も予測しにくい、と栢山は心中思う。

他人というのは、よく分からない。数学ほど明快ではない。数学ほど単純ではない、というのとは違う。数学だって複雑だ。ただ、数学は複雑であっても、明快である。そこが違う、と思う。

スイッチが入ったように鞄から教科書とペンケースを取り出しながら、柴崎はこちらを見て言う。「数学ができるって、どういうことなの?」

ほうら。と栢山は心中呟く。まただ。

「英語や化学や地理は覚えれば解けるでしょう。数学は覚えても解けない」柴崎は淡々と話し続ける。「どうして数学ができるのか、訳が分からない」

「論理的に考えればいいだけだと思うけれど」

「論理的って何?」

論理的って、何? そんな質問があるのか。と思ったが、すぐに馬鹿《ばか》にできない問いかもしれない、と考え直す。「誰が考えてもそうなるって、誰でも納得できるってこと」では、とつい付け加える。

「でも。例えば入試のとても難しい問題は、誰もが解けるわけじゃないでしょう? 誰でも解けるなら、差がつかずに全員合格になる」

「解けないかもしれないけれど、答えを見たら、理解できるし納得できる。ああ、そのやり方をすれば確かにそう解ける、って」

そう、そこだと思う。柴崎は声を少し強める。ちょっと声が高くなる。教科書とペンケースは、机の辺に対して平行に丁寧に置かれていた。

「つまり、やり方に気づける人と気づけない人がいる、ってことでしょう」

「そう、かも」

「例えばこの前の中間試験でも、栢山君は気づいたけれど、私は気づけなかった問題が、たくさんあった」

「かもしれない」柴崎の点数は知らないけれど、とまた心中呟く。

「もしも誰が考えてもそうなるなら、その差は何なのか」

柴崎の言いたいことがようやく分かった。と同時に、すごいな、と少し驚いた。

「本当に数学が論理だけなら、誰にでも解けるはず。誰にでも解けるわけではないということは、論理だけじゃない何かがある」

そういうことじゃないかと思うのよね、私は、という風情で、柴崎はこくこくと頷いた。束ねた髪が揺れていた。何だか、数学ができない自分を正当化しているようにも、少し見えた。今の疑問に思いを馳《は》せながら、栢山は鞄からいつものように大量の紙を取りだし、テーブルの上にどさりと置く。さて、と顔を上げれば、柴崎がその紙を凝視している。

「何、それ」

は、と栢山は声を出す。「紙だけど」

「どうしてそんな鈍器みたいな束であるの」

「だって、問題解くとき使うから」

「重くはないの?」

「慣れた」

「ふーん」と柴崎は言う。

まったく納得していない相槌というのがあるんだな、と栢山は知る。

一時間ほどで柴崎は帰っていった。一斉に鳴り出した時計も一瞥しただけで、十河にお邪魔しました、と頭を下げて出ていく。彼女の担いだ長物がガラス戸から出ていくのを見送ると、外はまだ少しだけ明るさが残っていて、日が長くなってきているんだな、と伸びをする。

柴崎は、納得しないと、呑み込まない人間だった。だから、問題の解き方をあれこれ言葉を変えて説明してみて、彼女がしっくりくるものがあればよし、ない場合はまた別の説明の仕方を考える、という時間になった。さらに、思いもよらないところで彼女は質問する。「なぜ、ここで両方をxで割らなければならないの?」「なぜ、この項を左辺に移動するの?」そんなことは当たり前というか、当然そうなるだろう、と思うところで立ち止まり、質問してくる。そのたびに、言葉にする以前、本能ともいえるくらい無意識にやっていたことを、わざわざ言葉にする必要があり、それは思う以上に難しかった。雰囲気で手触りで当然と思うことを、言葉にするのはこんなに難しいのか、と初めて鏡を見ながら髭《ひげ》をそるみたいなままならなさを感じた。

時計の音に頭をクールダウンさせながらそんなことを反芻《はんすう》していると、入口のガラス戸が開く鈴の音が聞こえた。

忘れ物でもしたのか、と振り向くと、そこにいたのは柴崎ではなく、しかし栢山の知らない人物でもなかった。知っている、と記憶をつつくけれど、私服だったので誰か一瞬分からず、すぐに眼鏡の数学研究会さんだ、とクリアになる。彼女は、濃緑のスカートを翻《ひるがえ》して、長い通路をつかつかと歩いてきた。

「どうしてここに」と栢山が問うと、「尾《つ》けました」とこともなげに答えて、先ほどまで柴崎が座っていた向かいの椅子に座った。「昼休み、話が途中で終わってしまったので」

「話？」問い返しながらちらりとカウンターの十河を見ると、ここはデートスポットじゃない、という顔をしていた。無表情なのに、なぜ伝わってくるのか。

「尾けていた、ってじゃあ柴崎さんが帰るまで外で待っていたのか」

「一度家に帰りました。外で待っていたのは、五分くらいで済みました」ミリタリージャケットの肩をつまんで示す。

「なんでそこまで」

「私は数学研究会の、一年四組の七加《ななか》と言います」

ぺこりと綺麗《きれい》におじぎをする相手に、うっかり、あ、どうも、と会釈を返す。

「数学研究会に入って欲しいんです」

単刀直入な勧誘に、栢山は眉をひそめる。「何それ」

「たまに時岡先生と数学の話をします」そういう名目です、と付け加える。

「それだけ？」名目って何だ、と思いながら質問する。

「部員が私一人ですから」

「一人？」

「入学して、私が立ち上げた研究会ですから」

この一ヶ月ちょっとで。目の前の決して大柄とは言えない、むしろ小柄な方であろう彼女の行動力に感心する。彼女は大きな眼鏡をくいくいと二度押し上げる。癖のようだ。

「なぜ立ち上げたの？」

「数学が好きだからです」

かち、こち、と時計の針の音がその間を埋める。

でも、と七加は僅《わず》かに目を細める。

「私には数学の才能がありません」

そんなことがもう分かっているのか、と思ったが言葉には出さない。

「あなたも数学が好きなんですよね」

「嫌いじゃないとは思うけど」

七加は、眉間《みけん》に皺《しわ》を寄せる。「好きじゃないんですか」

七加の視線に、栢山は言い澱《よど》む。

「好き、ということなのかな」

「じゃあなぜ数学をしているんですか」

「理由がなければ駄目なのか、やっぱり」栢山は腕を組んで考え込む。いつもそこに行き着く。その様子に、七加は小さく、ぼそりと呟く。理由がない、何もない、それで。

「何もなくて進むことなんてできるんですか」

七加の声が少し変わっているのに、栢山は気づく。

「それでも、数学の才能に恵まれるんですから。才能って不思議ですよね」

それはそうだ、と思う。栢山は頷いた。七加は、でも考えてみたら、と続ける。声は元に戻っていた。もっと不思議なことに気づいたんです。

「自分に才能がないということはとてもよく分かる。でも、じゃあその数学の才能って何かと言われると、そういえばよく分からないって」

澱みなく話す彼女の早口は、頭の回転が速いことを示していた。

「知りたいんです。数学の才能があるっていうのが、どういうことなのか」

「七加さんが考えていることは分かったんだけど」

「はい」

「なぜ、俺に」数学の成績が良かったから、だろうか。

「一ノ瀬の十問を解いたからです」

「一ノ瀬の十問？」

知らない言葉に、眉をひそめる。そんなもの解いた記憶がない。と思っていたら、カウンターの方で十河が立ち上がる気配がした。

「同じ学校に、一ノ瀬の十問を解けるような人がいるって知って、私、いてもたってもいられなくなったんです」

「いてもたってもいられなくなっているのは、なんとなく伝わってくるんだけど」

「はい」

「一ノ瀬の十問って何？」

栢山がそう言うと、七加がそれまでの早口でねじが巻き切れたのかと思えるほどに口を開けたまま硬直したので、知らないのはそんなに恥ずかしいことなのか、と焦る。どうしようと思っていると彼女がタブレットを取りだして操作し、押し付けるように見せてくる。すごい勢いだった。

「あなたが決闘で解いたこの問題、これが一ノ瀬の十問です」

見覚えがあった。最初の決闘の時の、解きたくて解けた問題だ。忘れもしない。彼女の説明では、一ノ瀬というのはこのサイトの創設者、つまり夜の数学者の名前で、彼の作った問題が一ノ瀬の十問と呼ばれているらしい。

「E^2に集う中高生に向けて作られたその十問のうち、いまだ誰にも解かれていないものもあります」

知らなかった、と栢山が正直に言うと、知ってても知らなくてもどっちでもいいんです、と七加は立ち直って応える。「解けたことが肝心なんです」

タブレットをまた操作しながら彼女は続ける。「栢山さんには、少なくとも私より数学の才能がある。だから、数学研究会のためにもらった教室を使ってください。決闘するときでも、他のときでも」

なぜ自分がそれを求めていることを知っているのかと疑問が浮かぶが、あのあと同じ階の教室を使うところを見られたのか、と思い至る。

「それで、俺は数学研究会で何をすれば」

「何もしなくていいです。やりたいことをやってください」

七加は用意してきた台詞《せりふ》のように述べる。「私は、それを見ています」

数学の才能とは何か、を知るために。

しばらく考える。見ている、というのがどういうことを指しているのか分からないけれど、数学研究会に入ったところで何かが変わるわけではなさそうだった。それが入ると呼べることなのか分からないが。「別に、入る、という言葉が気に入らないのなら、研究会に入らなくたっていいです」と、こちらの思考を読んだかのように付け加えてくる。そう言われると、もはや何を承諾することを求められているのかさえ分からなくなってくる。

「あのさ」

「はい」

「失礼なことを言うつもりはないんだけど」

「言ってください」七加は、冷静に先を促す。

「そんなこと考えてるより、自分でやった方が早いんじゃないかな」

質問を受け止めると、七加は諭すような表情を浮かべた。

「誰が自分でやっていないなんて言いましたか」

視線は、貫くようにこちらに向けられていた。

「あなたに分かりますか。やってもやってもたどり着けない人間の気持ち」

栢山を責める響きはそこにはなかった。

「分からない」

そう言う栢山の返答が意外だったのか、彼女は小さく驚きの表情を見せた。だって、と栢山は言葉を続ける。

「やりきったって思える時が来ると思えない」

栖山の答えに、七加は気を削《そ》がれたように息を吐く。

「決闘で全敗していてもですか」

「相手との勝負だけど、相手との勝負じゃない」

それを聞いて、七加はタブレットに目を落とす。「最近、E^2を見ましたか」

「見てない」

「相手との勝負じゃないって言いますけど」と、タブレットを栖山の眼前に掲げて見せた。「これでもですか」

表示されていたのは、例の京の書き込みに対する反応が燃え広がっている様子で、栖山の名前がそこここにあった。

「栖山君、話題になってますよ」

京が栖山の名前を出したことで注目が集まり、一ノ瀬の十問を解いていることが調べられ、栖山に決闘の果たし状を出す人間が出てきて、しかし栖山からの反応が一切ないことに対して、書き込みは盛り上がっていた。

「逃げた。もういないのか。京さんはなぜこいつの名前を出したんだろう」

七加が、コメントを読み上げる。いいんですか、このままで、と付け加える。

「やらないんですか」

決断を迫るような彼女の視線に、栖山は返答に詰まる。

三冊終えるまではE^2に行くなと言われている。

「やっていいぞ」

二人が振り向く。十河が栢山を見ていた。

「今、やれ」

何を、と一応問い返してみるが、十河からも、七加からも、答えはない。ただ、有無を言わせないまなざしだけが降ってくる。

「誰と」

七加がタブレットをまた操作すると、示してくる。「この人とはどうですか」


いなくなった奴のことはもういいよ。


それは、栢山が最初に対戦した相手が書き込んだコメントだった。

十河は、無言のままだった。誰とだっていい、ということか。

タブレットを受け取ると、栢山は書き込み欄を前に一瞬手を止めた後、書き込む。


いるよ。

外で夜の風が吹いて、葉がざわめくのが遠くに聞こえた。あとは、時計の輪唱だけ。古めかしい橙灯《とうとう》に染まった本たちのつくる影が本棚を迷宮にしている。目の前では、七加が本を読んでいる。支度をしながら、待つの？　と問うと、待ちますよ、と当たり前のように答えが返ってきた。

ずっと同じ問題を解き続けていたから、新しい問題に触れるのは久しぶりだ、と紙と鉛筆を用意する。知らない問題に、まっさらな問題に飛び込む。

こんなに気持ちが高鳴るものだったっけ。

まるで、雪の原に最初に走り出すように。

少し笑っているかもしれない。

合図が鳴り、飛び込んで、解き始めていく。

前と同じ時間、同じ出題範囲。まったく一緒なのに。

何かが違う。

これまで問題を解いていて感じたことのない、不思議な感覚にたびたび襲われる。ひとつの問題を読むと、三冊で覚えた別の問題が頭に浮かんでくる。そうしようと思ったわけでもないのに。なぜだろうと思った矢先に、似ていると誰かが囁《ささや》く。そうか、あの手触りの論理を使えるのではないか。問題の形自体は全然違うけれど。答えが隠れている範囲を狭めていくのに、同じ論理を使うことができるんじゃないか。

次の問題に進み、しばし考えると、今度はいくつかのアプローチが自然と浮かび上がってきた。ひとつの問題について、これまでは感覚で解き方を文字通り手さぐりしていたが、今は自分の中に沈殿していたいくつかの論理の手触りが浮上してくる。この解法でも解ける。あの解法でも解ける。時間を一瞬忘れて、どちらの解法も試みてしまう。同じ問題が、違う解法、まったく違う論理構造で解けることを目の当《ま》たり《あ》にして、その新しい感覚に眩暈を覚える。

それまでと違う風景の中にいた。

問題は独立しているものだった。目の前にひとつの問題がぽつんと存在しており、問題文にどんな手掛かりがあるかを考え、その手掛かりをためつすがめつしながら道を見つけていくのが、今までやっていた、問題を解くということだった。問題を解くとは、そういうことだと思っていた。

しかし、今、目の前に現れている問題は、孤独ではなかった。三冊の本の中にあった無数の問題、それが自分の中にさんざめいて、問題に触れるたびに、まるでルービックキューブがかちかち回るようにいくつかの問題が周りに自然に現れ、あるいは頭の中に新しく棲《す》みついた固有の手触りをもつ解法のいくつかが浮かび上がってきて、まるで星座のように目の前の問題につながり、包囲し、ひとつの光景を描く。

誰も知らない深海のような宇宙に、黄金色《こがねいろ》の音が未知の星座を既知の手触りで描いていく、その只中にいた。

ここは、どこだろう。

まぎれもなく自分の中にあるのに、初めてたどり着いたこの風景は。

いつも何もない白い世界で、目の前の問題という扉をこじ開けようとした。

たったひとりで。それなのに。

今いるこの場所は、広く、自由だった。

自分が今までいた場所が、あんなに自由だと思っていたのに。

今では、どこにも行けない、狭くて何もない場所だったと知れた。

どこまでも行ける気がする。

ここは、どこだろう。


「数学世界という言葉がある」

決闘を終えて我に返ると、猫を膝《ひざ》の上に乗せて、本を読んでいる七加が目の前にいた。

終了に気づいて、眼鏡を中指で押し上げながら、本を閉じる。

静かだった。何時だろう。

栢山が、カウンターにいる十河に決闘のさなかに感じたことを問うと、十河は珈琲を飲みながらその言葉を口にした。

「同じ問題を見ていても、誰もが同じものを見ているわけじゃない。何かと近いと考えている人間もいれば、別のものと近いと考えている人間もいる。同じ問題でも、どうアプローチするか、それは人それぞれで浮かんでくるものが違う」

「なぜですか」と問うたのは、七加だった。

「どんな順序で数学を学んできたか。どんなふうに学んできたか。どこに面白いと感じたか。それは人それぞれ違う。その違いが、それぞれの頭の中に、違う風景をつくる」

「違う風景」

「数学的風景。それぞれの人の中に、それぞれの数学世界がある」

それは、数字だけではできていない。数字と、論理でできている。お前は自分の数学感覚だけで問題と取っ組み合ってきたから、頭の中に論理のストックがまるでなかった。三冊を繰り返し、手を動かさずとも暗唱できるようになるまでやったのは、頭の中にさまざまな論理を詰め込むためだった。

「お前の中でどんな数学世界ができてきたかは、誰も知らない。お前しか知らない。でも、少なくとも、なにがしかの風景ができてきたことは分かった」

さぼってなかったんだな、と十河が付け足す。やっぱり疑ってたんすか、と呆《ほう》けたままに栢山は答える。

「ピタゴラスの定理の証明方法がいくつあるか知ってるか」

直角三角形の三つの辺の関係を示した定理。$a^2+b^2=c^2$

それを導く証明の方法は、400以上ある。

同じ結論にたどり着く方法は、ひとつじゃない。

「数学は、無機質で、硬質で、冷たくて、誰が見ても同じに見えるもの、と思われているけれど、それは違う」

十河が億劫《おっくう》そうに話す。七加は、栢山の手元にあるタブレットに手を伸ばし、結果を確認する。

「数学に取り組んでいるとき」

七加は口元をほころばす。二十六対二十四で、栢山は勝っていた。しかし栢山は初めて勝ったことも忘れたように、十河の話に耳を傾けている。

「ひとりひとりが、見えない景色を見ている」

そして、違う風景を見ている。

自分がそれを求めていたのだと、知った後に、気づく。

感謝をどう表していいのか分からず、立っていると、十河はちらと見る。

「ありがとう、と言え。それだけでいい」

ありがとうございます、と栢山は言った。

「そうだ」

帰り際、十河が思い出したように声をかけた。ドアを開けた栢山と七加が振り返る。

「数学の本なら、九十九書房」

こちらを見ずに十河が言った言葉に、二人は顔を見合わせる。

「お前のE^2のプロフィールにそう入れとけ」

なんすかそれ、と栢山が訊くと、十河は当然のように付け加えた。

「授業料だよ」

「それだけでいい、じゃなかったんすか」


雨の日、旧校舎の階段はいつもより靴音が響く気がした。人がいないからか。普段より薄暗いからか。どこかから、アンプにつないでいないかすれたギターの音が聞こえていて、軽音楽部は旧校舎にはなかったはずだけれど、と数学研究会のドアを開けると、七加が窓際で椅子に足を乗せてギターをかき鳴らしていた。栢山に気づくと、指の動きを確認するように続けながら、質問を投げかけてきた。

「今、何勝何敗ですか？」

「六勝三敗」後ろ手で、扉を閉める。「何それ」

「ギターを弾いています」

「なぜ」

「軽音楽部でバンド組んでいるんです」

「へえ」

「頼まれて」

「弾けるんだ」

「まあ、ちょっと練習すれば、それなりに」雨垂れの窓を背に、そう言う七加の指捌《ゆびさば》きは様になっているように見える。雑多にものが溢《あふ》れた倉庫みたいな教室、その中央にひとつ置かれた机と椅子に栢山は座って、いつものように準備を始める。

「邪魔ですか」七加が訊いてくる。

「大丈夫。七加さんの教室だし」

それに、気にならないだろうから。E^2にまた出入りし始めてから、問題を解くのが楽しくて仕方ない。新しい風景に夢中になっていた。新しい問題に触れるたびに新しい風景が見えてくることに、心躍ってしようがなかった。

百勝してこい。

十河から出た、次の指南。そんな無茶な、と一緒にいた七加は言った。あとで軍師のような口調で説明してくれたところによると、E^2でも、誰も彼もが決闘するわけではなく、上位者に偏っているらしい。補習目的の人も多いなか、難しい問題で競い合うのは数学オリンピックを受けに行くような腕に覚えがある人間だった。決闘を繰り返して勝率を上げるほどに、それ以上に強い人間しか相手になってくれなくなる。百勝というのは、決闘を受け容《い》れる集団の中でほぼ上り詰めるに等しいんじゃないかな。

決闘も、いつでもどこでものべつまくなしにできるわけではない。相手が見つかっても、いつやるかを決める必要がある。だいたいは、放課後から夜にかけてのどこかになる。今日は駄目だから二日後、ということもある。決闘をしていない時間、決闘までの時間は、ひたすらE^2にある問題を解いて過ごした。E^2には銀河の星ほど問題があって、まるで無差別級のように次々に現れる問題に、ただ無心に飛び込み続けた。

いつの間にか梅雨に入っていた。一日のどこかで雨が降る、そんな日々が続いた。柴崎への補習は、期末試験まで間があり、部活が忙しいこともあって、週一度ほどのペースに落ち着いていた。いつも背負っている長いものが、薙刀《なぎなた》だと知ったのもしばらくしてだった。大雨で部活が中止になり、帰り道が同じ方向だということでバス停まで一緒に歩いていくときに聞いたのだった。

「薙刀ってどんな競技？」薙刀と聞いても、布袋の中のその正確な形は想像できないままに、栢山は訊ねる。ビニール傘をさして隣を歩く柴崎は物知り顔を向ける。

「それ、本当に興味があって訊いてる？」

「何か会話した方がいいかと思って訊いたけど、少しは興味があるかもしれない」

「本当に？」

「ごめん。ない」

柴崎は勝負に勝ったようににやりとする。

「薙刀はね、高校だと団体戦と個人戦があるの」

説明するのか、と栢山は心の中で呟く。あくまで、心の中だけで。

「まあ、剣道の得物違い、って感じかな」

えもの、と聞いて何か棒のようなものを構える柴崎の目の前でおびえる野兎《のうさぎ》が頭に浮かんだけれども、武器のことか、と思い直す。

「全然違うけど」

違うのか。

「中学でもやってたの」

「ううん」

「剣道部だった？」

「陸上部だった」

「で、どうして薙刀？」

「なんか」とまで言いかけて、柴崎はふと考え込む。遠くの、曇天の向こうを見ているように。いや。なんか。

「戦ってみたかった」

と、その何かを見つめながら、柴崎は言った。

ところが、栢山の勝率は梅雨が本格化するのと反比例するように、徐々に落ち始めた。

そして、ついに。

「何勝何敗ですか？」

「十三勝十三敗」

「同じになりましたか」

「直接訊かなくても、E^2で確認できるだろ」

「直接訊けば、それについてどう考えているのかが分かります」

「で、どう考えてると思う？」

「あまり頓着《とんちゃく》していないですね。悩みは他にあるって顔です」

鋭い。

「あの、スピードスターって人」

「まさに今からもだよ」

「随分まとわりつかれてますねえ。栢山君のこと好きなんじゃないですか」

「たぶん、男だよ」

「それもまたよしです」

そう答える七加は、数学研究会のはずの教室で、イーゼルを立ててキャンバスに油絵の具を塗りたくっていた。

「何それ」

「絵を描いているように見えませんか」

「見えるから訊いてる」

「美術部にも助《すけ》っ人《と》で入ってるんです」

「へえ」それ以上追及しないで、栢山は鞄を机に下ろす。

確かに、勝率よりも気になっていることがあった。

風景が、見慣れてきてしまった。風景が落ち着き始めていた。新しい問題を解き続けることで数学世界が形作られてくるのを感じていたが、ある程度形作られると、逆にそれ以上の動きを持たなくなってきた。形の定まってきた陶器のように。いつも同じような考え方をしている、と感じることが増えてきたのだった。これが自分の癖で自分固有の考え方なのか、と思うのだけれど、風景がクリアになった分、自由がどこか指の間から去っていく気がした。

こうして決闘の時間まで問題を解き続けていても、ついこの前まであった心躍る気分が、嘘《うそ》のように感じられない。何問かこなした後にふと、何かに見放されたような気分で体を起こして背もたれに寄りかかる。

教室から、七加はいつの間にかいなくなっていた。

暗い雨に包まれて、蛍光灯のついた教室は浮遊していた。

何だろう、これは。

うまくいかないもんだ。

外の雨を、取り残されたように眺めやる。

決闘は、本来ルールも相談して決めるが、どんなルールでも栢山は受け入れていた。幾何問題だけ。もっと狭く確率問題だけ。制限時間を決めて、多く解けたほうが勝ち。少ない問題を、すべて解けたほうが勝ち。さまざまなルール提示があって、それはその人その人がどの分野を、どういう解き方を得意としているか、あるいは好きなのかを示しているように思えて、数学世界は人それぞれ、という十河の言葉を証《あか》していると思えた。

中には、どちらかが百問全問解答するまで、という正気の沙汰《さた》と思えないルールを提示してきた相手もいて、一晩中やり続け、次の日授業中寝溜《ねだ》めして、放課後にまた続きをやり、ついには翌日の夜明け前に決着がつく、というマラソンみたいな決闘もあり、それは例えるなら文化祭めいていて、数学に彩られた非日常な時間が楽しかったのも事実だった。面白がって観《み》ていた観衆がいたらしく、終了したときにはちょっとしたお祭めいた雰囲気にもなった。顔も声もどこにいるかも知らないけれど、数学という共通項だけで、同じところに集まっている人がいるんだな。朝を迎えた朦朧《もうろう》とする頭で思った。その日の授業のことは記憶にないが。
何度も果たし状を送ってくる相手もいた。
それがスピードスターだった。最初の四戦の相手の一人で、その時は負けたものの再戦時には勝ち、その後は栢山優勢で勝ち星を重ねていたが、最近また追いつかれていた。

これで四勝四敗。五分だな。

決闘後に届いたメッセージに、しばし今しがたの決闘の内容を思い返し、返信する。

ここ三戦でルールを変えてきているのはなぜ？

企業秘密。足踏みしてたら、先に行っちゃうぜ。
それにしても問13、よくあれが解けたな。

スピードスターはその名の通り、スピード勝負のルールを提示してくる相手だった。なのに、ここ数戦はスタイルを変えてきていた。時間に対して問題数が少ない戦いや、短文問題のみだったのを長文も入れての持久戦と、提示するルールが変わった。不思議だったが、最初は優勢だったのにいつの間にか互角になってしまっているので、何かしてやられているのかもしれない。

先にって、どこに行くつもり？

返信は、瞬時に来た。驚くほど早かった。

行けるところまで、どこまでも。

何も考えていないみたいな潔《いさぎよ》さに、ふと、まだ会ったこともない相手に訊ねてみる。

なんで、数学やってるの？

送ってから、阿呆《あほう》みたいな質問だな、と頭をかく。答えなんて返ってこないと思っていたら、ほどなく返信が来た。

え、だって問題解くの阿呆みたいに面白いだろ。

そのあっけらかんとした答えに、栢山は、は、と声を出して笑う。そうだよな、それだけでいいはずだったよな。なのに、続けていると、そう思えなくなる。いつもそう思っていられなくなる。自分だけがどうかしてしまったんだろうか。

その後も、行く当てをなくしたように数学研究会の教室でひとり、むしっとする中、シャツをぱたぱたしながら問題を解いていた。迷子になった気分だった。しばらく無心で鉛筆を動かし続けていたら、ずいぶん前から意識下で思っていた疑問が言葉となって現れた。

なぜ、決闘なんてつくったんだろう。

E^2をつくった夜の数学者は。

皆で問題を協力して解く、という方法だってあるのに。現に「京の数列」と名付けられたあの数列は、今もなお話題の的で、様々な推理や憶測が飛び交っていた。少し前、「分かった」という者が出て騒ぎになった。あがった解答は、しかしすぐに他の人々によって穴を発見され、論破された。が、ひとつの問いに人々が協力して取り組んでいることは事実だった。

けれど、と自分で否定する。

違うような気がする。

数学は、ひとりで解くものだ。

そう思っている自分がいる。

いくら皆で解いていたって、最後の最後に鍵《かぎ》を見つけるのは、ひとりの頭だ。

だから、数学は面白い。そう感じている自分もいる。

だからこそ思う。

なぜ、人と争う決闘なんてものをつくったのだろう、と。

十河の指南だって、とにかく決闘し続けろ、というのに等しい。

何の意味があるのだろう。

十河は初めから、数学とは争うものだと言っていた。それに得心が行っていないのだな自分は、と気づく。数学にとって、勝ち負けがそんなに大事なのだろうか。いつの間にか、鉛筆を持つ手は止まっていた。なんだか、余計なことばかり考えてしまう。

——戦ってみたかった。

柴崎の言葉がふと蘇る。

「どうしてこういう形で3を残す形で式を変形するの」

「そうすると残りが $(x+2)^2$ にまとまるから」

「そうまとめることを最初に考えて、この形に変形するってこと」

「そう。問題の条件を考えると、普通に展開していくよりも早く答えにたどり着く」

「その言い方は分かる。つまりこの変形を思いつくのが鍵なんだね」

曇天の教室で、期末前の補習をしていた。すると。

柴崎の背後、教室の入口でユニフォーム姿の丸坊主の王子がこちらを見ているのに気づく。忘れ物を取りに来たのか。野球部に入ったのか。だから丸坊主なのか。ひょっとして中学からやってたのか、と頭を掠《かす》めるが、相手は柴崎と栢山を見て、笑みを浮かべている。遠くからでも、にやにやしているというやつだ、と分かる笑みだった。

「青春ですなあ」教室には、もうほとんど部活に出払っていて人はいない。声に気づいて、柴崎が振り返る。どういう反応をするのだろう、と興味をもって見守った。

「うるさいハゲ」

「坊主じゃ」

わずかな間もない、まるで居合い抜きの応酬のようなやり取りだった。これが戦うということか、と思いながら、もちろん違うだろう、とも思った。

「レギュラーにもなれないくせに」

「一年でなれるわけないでしょうが」

「諦《あきら》めてるんだ」

「諦めるわけないだろ」

言い返しながら教室後ろのロッカーから荷物を取り出して出て行く背中に、柴崎が声をかけた。

「甲子園つれてって」

「お前は連れていかんわ」

目を細めた柴崎は問題に戻りながら、「薙刀部と野球部、部室が隣なの」と言った。

一通り柴崎の疑問を解消し終えると、栢山は聞こうと思っていたことを口にする。

「なぜ、戦ってみたかったの？」

問いに顔を上げ、何のことかと思案していたが、思い当たると、帰り支度を始めながら答えを探す表情をした。やがて鞄を膝の上に置き、整理がついたように口を開く。

「中学のときやってた陸上の中距離は、一緒に走る人との勝敗はあるけど、基本的に自分との勝負なんだよね。走っている間は、ずっと自分と話している。練習もそう」

思い出すように、窓の外に目を向ける。

「きっと、飽きたのかな」

「飽きた？　何に？」

「自分と話すのに」

自分の答えに、ふ、と柴崎は笑う。

「薙刀は、目の前に薙刀を突いてくる相手がいるから。そんな暇ない」

「そうか」

「薙刀を構えあってさ。相手がどう来るだろうとか、何考えてるんだろうな、って考えるのは、ちょっと楽しい」

「そうか」

「自分と全然違うこと考えてる相手が目の前にいる、っていうのが」

「そうか」

柴崎が首を傾《かし》げる。「そうか、っていうのが新しい口癖?」

カチリ、と自分の中で何かがつながる音が聞こえていた。


「まさか運動部までやってるとは」

開けたドアのところで、栢山は呟く。数学研究会の教室で、バトントワリングの練習をしていた七加が振り返る。

「チアリーディングは、運動部ですかね」胸に高校名がローマ字刺繡《ししゅう》されたミニスカートコスチュームを着た彼女がバトンを回しながら答える。

「どっちでもいいけど」栢山は鞄を置く。だいぶ練習していたのか、教室はちょっと蒸し暑い。「前から思ってたんだけどさ」

助っ人とは思えないほど、見事にものにしているトワリングが止まる。

「数学研究会として借りている教室で、ちっともそれらしいことをしていないのは、大丈夫なの」

「栢山君がしているじゃないですか」

「そのためだったのか」

「私もやっていますよ」七加は、バトンで前の黒板を指し示す。促されて見れば、黒板にぺたぺたと紙が貼られてあり、そのひとつひとつに聞いたことのない言葉が書かれていた。

ラングランズ・プログラム
P≠NP予想
ミレニアム懸賞問題

説明を求めるように彼女に視線を戻すと、怪訝そうな顔が待っていた。

「知りませんか」

「知らない」

「そうですか。ラングランズ・プログラムは、数学の統一理論のようなもので、P≠N

P予想は、数学の限界についての未解決問題です。で、ミレニアム懸賞問題は」

「そうなんだ」ほどよきところで相槌を入れる。

「数学研究会っぽいでしょう」

「で、なぜそれを書いてるの」

「カモフラージュです」

「じゃ数学研究会じゃないじゃん」

「嘘です。自分が好きなもので埋め尽くされた場所が欲しかったんです」

胸をそらせた彼女に、会話を諦める。最近、彼女が数学研究会を立ち上げたという話にも疑いを持ち始めていたので、まるきりの嘘ではないようだと安堵《あんど》する。だが、顧問のはずの時岡先生の顔は見たことがない。彼の講話とやらもなかった。七加と時岡の間にある種の談合があるのではないか、今ではそう勘繰っている。

「何勝何敗ですか」七加が訊いてくる。

「三十勝十六敗」

「わあ」七加は目を丸くする。「伸ばしましたね、っていうか随分やりましたね。寝てます？　でも、どうしてここにきて？」

栢山は、この前柴崎に話を聞いてから、それまでしていなかったことをし始めた。決闘を終えたら、勝敗がどうであれ、相手の解答を確認するようにしたのだ。最初はそんなこととして何になるんだろうかと半信半疑だったが、すぐにその面白さに気づいた。

相手がどの問題を解けたのか。自分が諦めて飛ばした問題を相手が解いていることもあれば、その逆もある。相手が解いた問題を一望すると、相手が何を考えているのか分かるような気がしてくる。栢山は、相手が拒否しない限り、「解答の過程も記す」という条件を提示するようにした。それを見ると、相手が何を考えているかより分かる。

それは、自分の思考ではない、未知の思考だった。

同じ問題に対しても、違うアプローチをしている。似たアプローチでも、式の書き方が微妙に違っている。タッチペンで書き殴られた、あるいは写真で上げられたその癖ひとつひとつが、自分の数学世界の外側にある風景で、凝り固まった風景が揺さぶられて小さな風穴が開く清新さがあった。

その作用を理解した上で続けてみると、自分の数学世界はまた変容し始めた。風が吹きぬけるような自由に、少しずつまた思考が解き放たれ始めた。


――問13、よくあれが解けたな。

思えば、答えは目の前にあった。スピードスターがルールを変えてきたのも、きっと、こちらの癖を研究していたからなのだ、と思い至った。決闘は、勝敗のためではなく、

「自分とは違う考え方がある」ことに気づくためにあるんじゃないか、と思うほどだった。

黙って聞いていた七加は、興味深いものを耳にするように神妙な顔をしていた。チアリーダー姿のままで。が、その静寂を破り、ガラガラと扉が開く音がした。顔を出した男子は、栢山を見て驚く。

「何やってるんだここで」蓼丸は教室に入ってくる。「あと、何て格好してるんだ」これは、七加に。

「練習」

「なぜ」

「なぜって」

「打合せ始まってて、会長怒ってるんだけど」

「打合せ？」

「生徒会の定例会」

まさか忘れたのかよ、と蓼丸は目顔で訴える。七加は、あ、と声を上げて、その割にはさして慌てた様子もなく、バトンをしまい始める。

「着替えたら、行く」

「一年の連帯責任で俺にも被害が来るんだよ」と口を歪《ゆが》めて出て行きかけて、栢山と七加を見比べる。

「お前ら」

「数学研究会」二人の声がそろう。

納得していない視線をチェシャ猫のように残して、蓼丸は教室を後にする。

七加は着替えるために、教室の隅に設置した、古いロッカーで仕切られた場所に制服を持って入っていく。

「羨《うらや》ましいです」ロッカーの向こうから、七加の声が届いた。「そういうことが分かるなんて」

「これは数学の才能とは関係ないと思うけど」

「私には、人の解答を見てもそういうことは見えません」

自分には見えるものを見えないと言われたら、返す言葉がない。どう見ればいいのか、どうすれば見えるのか、自分でも分からないのだから。

自分に見えるものは、どうして見えるのか。なぜ七加には見えないのか。

そこにどんな違いがあるのか。分からない。

自分はおそらく彼女のようにギターも弾けないし、絵も描けないし、バトントワリングもできないだろう。

それは、才能という一言で片づけられてしまうものなのだろうか。

そう片づけることに、なぜか自分の中の誰かが抵抗している気がした。

「それだけいろいろなことができるんだったら、数学以外のことで、数学のように好きになるものが見つかるんじゃないの？」

問いかけると、ロッカーの向こうから答えはなく、衣擦《きぬず》れの音だけが雨音に混じった。

「栢山君は、好きというのがどういうことかも分からないんですね」彼女はチアリーダーのコスチュームを持って出てきた。黒板の前、あの意味不明の言葉が並ぶ前で、彼女は告げた。外の雨のように、静かな口調だった。

「オイラーって知っていますか？」

「数学者の？」

最も美しい等式。自然にあの式が浮かぶ。

$$e^{i\pi}=-1$$

「彼が後年、盲目になったのは知っていますか」

知らない、と栢山が首を傾げると、七加は続ける。雨だれで何も見えないガラス窓をじっと見ながら。「彼は、不眠不休で数学し続けて、片目が見えなくなりました」

「それで数学をやめたのか」

「それでも数学を続けて、もうひとつの目も見えなくなりました」

なんだそれ、と栢山は呆れる。そんな人物だったのか。

「そのとき彼は言ったそうです。おかげで気が散らずに済む、って。人間を代表するような知性を持つ天才が、その両目を差し出しても続けたいと思ったもの、それが数学なんです」

七加は口をつぐむ。なにか大切なことを告白した後のように。

こちらを見るその目は、穏やかだった。何かを押さえ込むように。

「数学が好きなんです」

才能だってそうですけど。

好きっていうのだって、本人にはままならないものなんです。

七加は静かに続けた。

「私は器用貧乏なのでなんでもすぐにそこそこできるようになります。実際、中間試験も全教科の成績は学年で5番です。栢山君より上です」

最後のは言わなくてもいいと思うけど、と心の中で呟く。

「それでも、好きなのは数学なんです。好きなんだからしょうがない。だから、数学の本を読んでいます。分かる範囲でしか分からないけれど、それでも少し分かるだけで楽しいんです。E^2で問題も解いているし、決闘も時々します。私の成績、見たことありますか？」ないでしょう、と見透かすような口ぶりだった。

「何だって選べるけど、好きなのは数学なんです」

そう宣言する七加には、迷いがなかった。

「それだけに分かるんです。自分が届かないことが。どれだけ苦しいか分かりますか？　自分が無能だと一瞬一瞬痛感するってことです。ベストを尽くしても無駄だと、思い知らされ続けるってことです」

栢山君は本当に、数学が好きじゃないんですか？

七加の口調は少し強くなった。

「才能があるのに、数学者にならないんですか？」

「考えたこともない」

「本当に、理由もなく続けているだけなんですか」

栢山は、自分に数学を教えてくれた人の顔を思い出す。

「約束したから」

無言で七加は、コスチュームを仕舞い終わって、鞄を手に取る。

「呪《のろ》いみたいですね」

「そうかな」

でも、と七加は溜息のように言う。「呪いだってなんだっていいと思います。呪いがあることで、救われることもある」

「よく分からないことを言う」

私もそんなに分かってません、と七加は言う。「でも、届かないと分かっていることをやり続けるよりは、ましだと思います」

その言葉には、七加の普段現さない何かがにじみ出ているように聞こえた。

雨音が、その言葉をどこかに押し流していく。

隙をついて、栢山の手元のタブレットが、アラート音を立てた。

会話を中断された二人が、それを覗き込む。

メッセージが届いていた。


栢山君は、京の数列の答えを知ってる？

決闘で僕が勝ったら、答えを教えてくれないかな。

オイラー倶楽部《クラブ》・ノイマン

メッセージを見て、けったいな名前だなと栢山が思っていると、隣で息をのむ音がした。見れば、眼鏡を押し上げたまま七加が目を丸くしていた。

「嘘、オイラー倶楽部だ」七加が呟く。

「何それ」

「あの数列、分かったんですか？」質問には答えず、七加は問い返す。

「考えてもいない」

「京さんに直接会ったんですよね」

「一度だけ」

「そのとき何か聞いたのでは？」

「聞いていない、と思うけど」

　ふん、と七加は息を吐くと、確かめるように画面に顔を近づけて、「本当にオイラー倶楽部だ」と、また信じられないという口ぶりで呟く。

「だから何それ」

「呪いですよ」

　七加は薄く笑み、そう言い残すと、鞄を手にがらがらと扉を開けて出ていった。

　その笑みの意味を推し測っていると、さらにアラートが鳴る。


　　お前に客が来ている。うちは待合せ場所じゃない。　十河

　客？　誰か九十九書房に来ているのか。最初に浮かんだのは、蓼丸か東風谷だった。

二人なら九十九書房のことを知っている。が、蓼丸は今会ったばかりだし、東風谷も自分に用があればわざわざ九十九書房には行かないだろう。柴崎のことも頭に浮かんだが、それなら十河が客とは表現しないはず、と打ち消す。

いずれにせよ、と帰り支度をして席を立つ。

扉を開けると、雨音が強くなった。そこに。

何かが倒れる甲高い音が、長い廊下に響いた。

音は出口を探すように乱反射しながら、尾を引いて消えてゆく。


廊下の先だ。

一番奥の教室の入口に七加が立っていた。中の誰かに向かって何か言っているようだった。遠くからでも分かる剣幕に、自然と足が向かった。

七加に並んで中を覗く。そして、栢山は呟く。「いじめか」

その言葉に、空き教室にいた四人の男子と、彼らに囲まれて顔を押さえている男子が一斉に栢山を見る。その中のすらりとした一人が、薄い唇を笑みの形にしたまま言った。

「違うよ」

その顔を思い出す。この教室は、以前決闘するときに使ったところで、この男子はそのとき覗き込んできた奴だ。

「ちょっと遊んでるだけ」

「部活入ってないの？」七加が厳しい口調を隠さずに問う。

「それは個人の自由でしょ」鋭い矛先にも、男子は薄笑みのまま動じない。周りの男子に、なあ、と同意を求める。

「暇なの？」

「高校生活なんてさ、退屈でしょ」

「部活やればいいのに」

「やりたいことがなくてさ」

「探せばいい」

「みんなみたいにだらだら汗水流して熱血できるほど、好きなことがないんだよね」隣の男子と顔を見合わせて、笑う。

「関係ないだろ」大柄の一人がポケットに手を入れたまま数歩近づいてくる。

七加は微動だにしなかった。ひるまないのか、と栢山は彼女のイメージを修正する。

「遊んでるわりには、楽しそうに見えないけど」栢山が気を逸《そ》らすように、口を開く。

「君達が来たからだよ」中心の男子の口調はあくまで穏やかだ。「いじめとか言うから、ほら、彼が恥ずかしそうになっちゃった」少し離れて頬を押さえている色白の男子を示す。色白の男子は、長い前髪の下から周りを窺ったまま反応しない。「決めつけはよくないよ」淡々としているが、中心の男子の笑いの奥に別の何かがちらついていた。

「そっちこそ、何やってたのさ」

「数学研究会」

「数学なんて、何の役に立つの？」

「あなたは何の役に立ってるの？」七加が間髪入れずに返す。

男子は、なるほど数学ね、と目を細める。

「誰もいない教室で、二人でか」口調をガラッと変えて、明るく言う。目を細め、明らかに、にやにやとした笑みに代わっている。

「いくら高校生だからって、学校じゃまずいでしょ」と言うと、周りの男子が声を上げて笑う。まじかよ、と囃《はや》したてる。さっき近づいてきた大柄が、さらに数歩寄ってくると、七加が持っているトートバッグを覗き込んで、チアリーダーのコスチュームに目をつける。「おいおい、コスプレプレイかよ」

また、教室に男子の笑いがさざめく。

それをかき消すように、ぱん、と小気味よい音が鳴った。

七加が、その大柄の頬をはたいていた。

ざわめきが嘘のように消え、静けさに包まれた。雨の音がした。

栢山が窺うと、中心の男子は、頭の中で計算を張り巡らせているように見えた。

大柄はそこまでの思慮がなかった。

黙ったまま、七加の前に立ちはだかる。

七加は一歩も引かず、大柄を睨み上げている。

空気が張り詰めていく。

さっきより低く強い音がぱん、と静けさを破り、ドアに何かがぶつかってガラスが震える騒がしい音が続いた。

痛え、と呟いたのは、栢山だった。

左目を手で押さえながら、体勢を立て直す。くそ、目に当たった、と独り言を呟いた。

「先に手を出してきたのはそちらだから、間違えないようにね」

中央の男子が、読み上げるように言った。栢山は、思わず少し笑った。予想通りの台詞だな、と思う。

「何？」男子の顔から、笑みが消えていた。

「やりたいことがない、ってお子様かよ」

片目でバランスが取りにくく、その場でふらふらしながら、栢山は答えた。

「何もしないで、好きなものなんて見つかるわけねえじゃん。一生見つかんねえよ」

誰も彼も黙っていた。男子の爽《さわ》やかな顔には表情がなかった。

俺はいらついているようだ、と栢山は自分の声を聞きながら思う。

「誰かがくれるとでも思ってんのかよ。何でもいいからやりゃいいだろうよ」

血、出てないだろうな、と栢山は手を見て確認しながら、誰にともなく言う。

「レギュラーになれない部活なんて、ただの遊びと同じでしょ」

「レギュラーになれないことが分かる」

「そんなこと分かったって有難くないだろ。時間の無駄ってことじゃん」

「でもあんたはレギュラーになれないことすら分からない」

「分かってるよ」

「そう考えるんなら」栢山はようやく安定して立つ。「一生あんたは何にもなれないよ。別にそれでもいいけど。ただの駄々っ子だよね、やっぱり」

いや。

自分は怒っているのだ、と気づく。

何に。誰に。

嘲《あざけ》りに、栢山の目を殴ってしまったショックから立ち直った大柄が一歩近づく。

「何でもいいからやりゃいいんだ。やってねえのにごちゃごちゃ言うな」

なぜ、なぜ、と探してばかりいる、すべての人にか。

なぜ数学をしているのか、その答えを持たない自分にか。

周りの男子の奥から、色白の男子もこちらを見ていた。

さすがに限界になったのか、大柄が栢山に手を伸ばす。「お前」

「何やってんだよ」

廊下から、蓼丸が大声で割って入ってきた。

「揉め事か、おい」

教室の中を眺め回し、目を押さえている栢山に話しかける。

栢山は中央の男子を見たまま、答える。「遊んでただけだよ」


「何だその顔」

灯りの漏れる九十九書房のガラス戸を開けると、カウンターで顔を上げた十河が顔色を変えずに言った。

栢山の左目のまぶたは、赤く腫《は》れていた。

ひりひりと痛み、だからか、気分もやさぐれていた。

「何でもないです」と答えながら奥を見ると、一人の男子が本に囲まれたテーブルに座っていた。自分と同世代で、やはり知らない顔だった。見たこともない茶色いブレザーの制服を着ていた。タブレットを見ていて、まだこちらに気づかずにいるようだった。

「待合せ場所じゃねえんだが」

「俺が指定したわけじゃないです」

カウンター前の床でまどろむ猫を踏まないように避けて近づくと、男子が足音に顔を上げた。近づいて初めて気づいたが、だいぶ小柄だった。中学生にも見える童顔に笑みを浮かべて、栢山をまじまじと観察している。誰だろう、という顔をしていると、それに気づいたのか、相手が口を開く。

「ノイマンです」

まさかさっき決闘を申し込んできた相手が来るとは。というか。

E^2でやり取りする人と実際に会うのは初めてじゃないか。

自分が決闘しているのは、人間なんだな。

そんな当たり前のことを目の当たりにして、ちょっとだけ感動していた。だから、もっと当たり前のことに考えが及ぶのに時間がかかった。なぜ、ここが分かったのか。プロフィールにここの場所を入れたからだ。十河に宣伝しろって言われて。

内心そんなことを考えながら、栢山は相対して座り、持っていた三ツ矢サイダーのペットボトルをどん、とテーブルに置く。ノイマンと名乗った目の前の童顔は、ボトルに目を向ける。

「美味《おい》しいですか、それ」

「うまいよ」栢山はぶっきらぼうに答える。

「その目」童顔はのぞきこむように見た。「ケンカ?」

「一方的に殴られただけだよ」

「公立ってやっぱ物騒なんだなー」

何しにきたんだろう。ようやくそこにたどり着く。

「申し込みは見てくれましたか」

「見た」

にこにこと話す童顔は、胡散臭そうな視線にも頓着しない。

「受けてもらう前に、確かめておきたいことがあって、来ちゃいました」

まるで女子のように言う。言われたことはないけれど。

だんだん、童顔の笑みが不敵に見えてくる。

「中学生？」栢山は、そう口にした。

相手は、一瞬びっくりしたように目を丸くする。まるで子役の演技のように。

「同じ一年だよ。失礼だなあ」

「それで、オイラー倶楽部なんだ」

にやり、とマンガなら文字が入るだろう笑みを浮かべる。おそらく、背景は黒で塗られている。「メンバーに決闘を申し込んでね。勝ったんだ」

きっと凄《すご》いんだろうな。七加の言葉を思い出す。

オイラー倶楽部。全国トップの私立、偕成《かいせい》高校の数学研究会。

特徴は、定員が五名と決まっていること。代替わり、入れ替わりをしながらずっと続いている伝統の倶楽部で、メンバーは数学オリンピックの常連だという。

もしこのノイマンが一年だとしたら、相当ですね。七加はそう言っていた。

目の前の奴を見る。確かに、無邪気を装《よそお》った童顔の裏に、何かあるように感じる。

「京の数列」

童顔は、ゆっくりと口を開く。たっぷりとその後に余韻を持たせる。

「答えを知ってます？」

わざわざ直接訪問してきた意図を、ようやく得心する。

「知らないと言ったら？」

「帰る」

「知っていると言ったら？」

「決闘しよう」

「して、どうする」

「勝ったら、答えを教えて欲しい」

「俺が勝ったら？」

童顔は、きょとんとする。自分が負けるという可能性など考慮していなかったらしい。

「何でも」

「じゃあ、あんたの代わりにオイラー倶楽部に入る」

栢山がそう言うと、童顔は、ゆっくりと笑みを深めた。「一応、偕成高校の人間じゃないと入れないんだ」

「それくらいどうにかなるだろ。勝てばいいだけだ。俺が勝ったら後で聞いてみてよ。それでいいから」

「面白いね」

「よかった」栢山は、ペットボトルの蓋《ふた》をあける。炭酸の抜けるプシュ、という音が二人の間に消えていく。栢山はぐびぐびと残りを一気に飲み干す。そうして、空になったボトルをとん、と目の前に置く。自分にこんな好戦的な面があるとは知らなかった、と思いながら。

「それでいいよ。やろうか」

童顔に化けていた悪魔が本性を表すような表情で、ノイマンはそう口を開いた。

「ルールは？」

問うと、ノイマンはタブレットを立ち上げ直す。「レベルE以上の問題。オールジャンル。多く解けたほうが勝ち」

「制限時間は？」

「72時間」

「は？」栢山は聞き違えたかと訊き返す。咳《せ》き込みそうになる。

ノイマンは、奥の壁一面にかかる時計を見上げる。「今日の20時から、72時間。つまり、三日後の20時まで」

「今日、火曜だけど。授業は？」

「受ければいい」

何だそれ。問題を解く時間にどれだけ割くかも、自分次第ってことか。

やさぐれていた栢山は、口の端《は》を上げる。

面白いじゃないか。

鞄からタブレットを取り出し、起動する。E^2を表示すると、メッセージが届いていた。

スピードスターからだった。


ノイマンには気をつけろよ。


もうちょっと早く気づいていればよかった。と一瞬頭を掠めるが、もう遅い。

目の前の童顔を見遣る。

気づく。

自分の顔に、最前とは違う笑みが浮かんでいるのに。

こんなところに、いたんだな。

自分と同じように数学に夢中になっている奴が。

数学のことでムキになれる相手が。

「分かった。やろう」

勝利条件とルールを書き込むと、にわかにE^2で噂《うわさ》が立ち始める。オイラー倶楽部のメンバーが、その座を賭けて他校の人間と決闘する。それだけでも前代未聞《みもん》なのに、もう一方は、京の数列の解答を賭けるという。

入力し終わって、ノイマンが顔を上げる。

タブレットの明かりを下から受けたふたりが、テーブルを間に対峙《たいじ》する。

雨の止んだ夜は、夏の闇《やみ》を湛《たた》え始めている。

そうして、その三日間は始まった。


目が覚めて、寝ている間にタオルケットをはいでいたのに気づきながらタブレットに手を伸ばすと、寝なかったのかと思うくらいにノイマンは正答数を伸ばしていた。深夜から夜明け頃まで、街から誰もいなくなった静けさの中で没頭して倒れるように眠ったから、起きても目の前のいたるところで数字や数式がまだダンスしている。

授業中も、もはや隠れもせずに問題を考え続け、解いたものを休み時間に入力し、次の問題を読み、また授業中に考え続ける。少しずつ進んでいくけれど、歩みは遅々としていた。頭の中が昨日から解き続けてきた問題たちや今目の前にある問題でいっぱいになって、ぱんぱんに膨れ上がったパン生地のように充満しており、他の事を考える隙間なんてこれっぽっちも残っていなかった。頭の中の計算や展開を吐き出すように紙に書き込み続けるが、やれどもやれども頭にはそればかりが踊りまわっている。

「腫れてるな」カレーをかきこむ栢山の前に、東風谷が紙袋を手に座る。栢山の左目は、まぶたがぷっくり腫れているせいで垂れ目になっていた。

「見えるから別に問題ない」恐ろしい勢いでカレーを呑むように口に入れていく。

東風谷は袋からやきそばパンを取り出してかぶりつく。「頭がいっぱいですって感じだな」

「まあな」

「昔からよくそうなってたよな」

「そうだっけ」

「周りのことが何にも目に入らなくなる。俺たちに見えないもんでも見てるんじゃないか、って蓼丸とよく言ってたよ」

「山岳部は?」そこまで言われると子供のままだと言われているようで、無理やり他の話題をひねり出してみる。東風谷は、それも全て分かっているように苦笑する。

「夏に向けて地味なトレーニングだな、相変わらず」

「夏休みに登るのか」

「それがなかったら、もうただの筋トレ部か登山道具愛好会だな」早々と半袖《はんそで》の夏シャツにしていて、その上からでも体格のよさが分かる。

「すげえな、腕」

「まじで凄いんだよ、トレーニングが」

蓼丸が、山岳部の練習見たことあるか、えげつないぞ、と引いていたのを思い出す。確かに、同じ昼飯でも、食べる量が違うし、それ以上に食べ方が違う。食べなければ死ぬ、と言わんばかりの気迫が漂っていた。おそらく、それほどのトレーニングなのだろう。

「そんなにキツくてもやるのか」

「それでもやるんだよ」

「お前も変わってないな」

東風谷が顎を引く。栢山は敵の尻尾《しっぽ》を摑《つか》んだように笑う。「それでも、ってお前よく言うよな」

「いい言葉だからな」

「それでも、が？」

「分からんか」

「分からんな」

最後の一口を食べ終えて、もう気もそぞろになっていた。

「もって一分か」

「何が」

「いやいや、成長したな」

「馬鹿にしてるだろ」

「いや」東風谷は大口でやきそばパンをほおばる。「うらやましいと思うよ」

「何だそれ」栢山は立ち上がる。


「ある数字が、素数かどうかをどうやって確かめる？」

九十九書房の奥のテーブルで、柊は問いかける。聞いているのは、三人の小僧だった。

「1から順にその数字を割っていって、その数字になるまで割っていって、どれでも割り切れなければ素数」少年の一人は、やや舌ったらずだった。

「2からだろ」いま一人は、その頃から二人より頭ひとつ大きかった。

「その数字まで、じゃなくて、その数字の平方根に近い数字まででいい」

「何言ってるか分からん」

うーん、と一番おとなしそうな少年が思案し、鉛筆を動かす。「たとえばその数字が１４０だったら。ルート１４０に近い、12まで試せばいい」

「アホか。それで済んだら苦労しねーわ」まるで苦労してきたかのように、舌ったらずの少年は啖呵《たんか》を切る。

「だって、12より大きい数字、例えば20を試してもし割り切れたら、その答えの数字、つまり20の相手の数字は12より小さくなる。この場合は、７」

「あ、そうか。12までの数字は試すから、そこまでに割り切れる数が出てくるはずってことか」と大柄の少年。

「そうそう」

「あん。二人で納得して進めんな」

「じゃあ、ものすごい大きな数だったら？」

柊が言葉を挟むと、三人は話すのをやめて、一斉に見遣る。六つの瞳《ひとみ》を受け止めて、柊は手元の紙に数を書き込む。

$2^{67}-1$

「この数字は、素数かどうか分かるか？」

三人は、競ってテーブルの上に体を乗り出してその数字を近くで見ようとする。どうもぴんと来ないらしく、固まったように反応がない。想像が及んでいないようだった。

「この数字、そもそも何桁だと思う？」

舌ったらずが目の前に自分の手をかざして、指を折って数え始める。ぶつぶつ言っているのが聞こえる。何を数えてるんだか、と思いながらも、その夢中な様子は大変好ましく見えた。おとなしそうな少年は紙に2のべき乗を書き出し始めた。途中まで書き出して、今何個目かを最初からカウントし直している。日が暮れるかもしれない。大柄の少年は、椅子に座りなおして二人の作業が終わるのを待っていた。

「21桁だ。ということは、だ」

柊が口を開くと、三人がまた注目する。「さっき栢山の言った方法をとって平方根に近い数字まで試すとしても、その数字はおそらく11桁、つまり１００億だな。そのくらいの数字まで、ひとつひとつ試していかなければならなくなる」

「パソコンで何とかなるんじゃゃね」舌ったらずがぶっきらぼうに言う。

「パソコンを使わないとしたら？」

そう問われて、三人は黙り込む。その作業を想像しているのだろう。想像させたかったのだから、柊は珈琲を飲んで待つ。やがて舌ったらずの少年の顔がうんざりしたようになる。おとなしい少年の顔が沈んだようにわずかに曇る。大柄の少年は少し笑っている。案外、こうした地道なことを続ける忍耐力はこの少年が一番持っているのかもしれない。

「フランク・ネルソン・コールという数学者がな」

柊は口を開く。

「とある数学の学会に出席して、研究を発表することになった」珈琲を一口飲んで、まるで自分が見てきたことのように語り出す。

彼は自分の発表の時間が来ると、聴衆の前に立ち、おもむろに黒板に数字を書き始めた。一つ一つの数字を、間違えないように、慎重に、ゆっくりと書き進めていく。そして、「147,573,952,589,676,412,927」と書くと、一旦《いったん》そこで手を止めた。

次に黒板の別の場所に、同じように慎重な手つきで、こう書いた。

193,707,721 × 761,838,257,287

その後、彼は黒板の上で、それを手計算した。この9桁と12桁の数字の掛け算を、その場でしてみせた。

答えは、最初に書いた数字になった。147,573,952,589,676,412,927

これが、$2^{67}-1$ の表す数字だった。この数字は、素数ではなかった、というわけだ。

実はこの数字が素数でないのはそれ以前に分かっていた。でも、じゃあどう因数分解できるのか、どんな数字で割れるのかは誰も知らなかった。コールは、それを明らかにしてみせた。

彼はチョークを置き、一礼して、発表を終えた。

壇上《だんじょう》にいたのは一時間くらいだった。

彼はその間、一言も話さなかった。ただ、$2^{67}-1$ の因数分解の答えを示しただけ。壇を降りていく彼に、万雷の拍手が起こったという。

彼は、この因数分解を見つけるために、どのくらいの時間をかけたと思う？

毎週日曜日に取り組んで、三年間かかったそうだ。

「三年間」柊は、まどろみから覚めるように言う。「彼はどんな気持ちで取り組んでいたんだろうな」

三人は急に言われてきょとんとした。

「なぜ、彼は三年間もこつこつ続けることができたんだと思う？」

「暇だったから」舌ったらずの少年が仏頂面《ぶっちょうづら》で即答した。

「解いたら、みんなが驚くから」大柄の少年が訳知り顔で答える。

おとなしそうな少年は、しばし沈黙し、自分に集まる視線を感じると、口を開く。

「楽しかったから」

柊は口を真一文字に結んで数回頷くと、「どれもありだと思うけど、俺はな」と髭をなでる。

「彼は、何も考えていなかったと思うんだな」

なんだそれ、と舌ったらずの少年が鼻を鳴らす。

放課後には、かなり大きく水をあけられていた。授業も受けていないんじゃないか、と疑いたくなるほどだった。それに文句をつけるつもりはない。そういうルールで受けたのだから。

なぜ、彼はこんなルールにしたのか。数学研究会の教室に立て籠《こ》もるようにして問題を解き、次の問題に入るそのわずかな隙に、そんな疑問が去来した。

なぜ、こんなに長い時間にしたのか。しかも、正答数の「多さ」を争うとなれば、一《いっ》時《とき》も気が休まらないのはこちらに限った話ではない。立ち上がりでマウントをとって、後は有利に進めようという作戦なのか。

相手が現在何問正答したかはリアルタイムに分かるようになっていた。どの問題を解いたかは分からない。観客も、何対何かという戦況は見ることができる。少なからぬ野次馬がこの決闘を見ていた。スピードスターから、メッセージがまた届いていた。


ノイマンは、相手を研究する。

その上で、弱点を突くルールを提示してくる。

もちろん、それだけではない。数学の力もある。このレベルの問題群を、この速度で解き続ける力は、カウントを増やし続ける相手の正答数から肌に伝わってくる。それに、この持久力。もうすぐ丸一日になるにもかかわらず、ペースは目に見える限り変わっていない。

これが、本物の才能か。

初めて触れるそれは、今ここにいるわけでもないのに、威圧的な力を感じさせるほどだった。頭の片隅でそんな思考の渦が小さく逆巻きながらも、問題を解き続けていく。重圧を振り払うように。

気づけば自分の部屋で解き続けている。学校から帰宅したことも、飯を食べたのかどうかも、覚えていなかった。まるですっぽり抜けていた。頭にあるのは、解いてきた問題の残像と、目の前の問題だけだった。どれだけ解いても、頭の中は隙間ひとつできずぱんぱんのままだった。解けば解くほど、むしろ頭の中は今まで解いてきた問題や論理がぐちゃぐちゃに揉《も》みあって絡《から》まりあって混沌《こんとん》としていくようだった。

ここまで頭が飽和したことがあっただろうか。

今まではまるで飽和なんてしていなかったのだ、と思った。

発熱している頭の中、高速で飛び交う数字を、数式を、論理を、鷲《わし》摑みするように手を伸ばしては書き留めていく。自分がきちんと呼吸しているのかどうかも分からない。何かが聞こえた気がして、顔を上げる。何の音もしていなかった。窓の外は真っ暗だった。ここはどこだろう、と一瞬戸惑う。深夜だった。誰もが眠っていた。

ひとりで、何をやっているんだろう。

机上の蛍光灯の明かりを虫のように見ながら、急に停止した頭が、もう今日は動けない、と告げてくるのが分かった。

椅子を引き、すぐ後ろにあるベッドに倒れて顔を埋める。

湿り気を帯びた夜の静けさに包まれて。

重力のような眠りが訪れる。

弱点。

自分の弱点って何だろう。

ひとりで、何をやっているんだろう。

なぜ、こんなことをやっているんだっけ。

翌朝は、遅刻ぎりぎりだった。嫌でも認めざるをえない戦況の不利は変わらず、相手は今なお正答数を伸ばし続けていた。何人かで交替で解いているんじゃないかと疑いたくなるペースだった。前の席の王子が振り返って、「おい大丈夫かよ」と目を丸くする。

斜め前の席の柴崎も、プリントを後ろの席に渡す折、栢山の顔をしばし見ていた。昼休み、数学研究会の教室で購買部のパンをかじりながら問題を解いているところに入ってきた七加は、栢山の人相が変わったのかと、思わず足を止めた。

「大丈夫ですか」

顔を上げた栢山に、七加は改まって頭を下げる。

「一昨日《おととい》は、すみませんでした」

何のことか、と本当に忘れたような顔をして、ああ、と左のまぶたに手をやる。

「大丈夫、見える」

「大丈夫ですか」

「大丈夫」

「いえ、決闘のことです」

栢山は、パンを口に放り込む。「そっちは、大丈夫じゃない」

「少し縮めましたか」七加も、さすがにこの決闘の行方は逐次確認していた。

「数問だけ。離されていることに変わりはない」

口調がいつもと違う、と七加は気づく。いや、これが栢山の本来の口調だ、と目を細める。他人に気を使う余裕もなく、頭がフル回転している、これがこの人のむき出しの姿なのか。

「追いつけそうですか」取りに来た荷物を見つけると、七加はさりげなさを装いながら問いかける。

問題の世界に戻ったのか、栢山から答えはなかった。

これ以上話しかけてはいけない。自分が怯《おび》えたように気遣っているのに驚きながらも、彼女は意を決して口を開く。「そういえば、そもそも、栢山君は京の数列の答えを知っているんですか」

「知らない」

「知らないって、じゃあ」負けたらどうするんですか、とはさすがに言葉にできない。

それなのに、この勝負をしているのか。

「京の数列を解くことはできないんですか」

代わりに、そう投げかけた。栢山が、鉛筆の手を止める。

「十河さんが、手を出すなって」

十河は、タブレットを手にとってその数列をしばらく見ていたが、やがて興味がらせたようにタブレットを栢山に返して寄越しながら、そう言った。

「なぜですか」

「嫌な匂いがする」

「匂い？」

「お前、数覚は冴《さ》えているくせに、そういうことは分からないのか」

「そういうこと？」栢山は鸚鵡《おうむ》返《がえ》しする。

面倒だな、という能面で十河はカウンターに積まれた本を手に取りながら、「これは経験によるものなのか」とひとりごちる。

何のことだか分からず、説明を求めてカウンター前に立ったままでいると、十河は億劫そうに口を開いた。

「ゴールドバッハ予想は知っているか」

「知らないです」

そうか、と吐くとおもむろに暗唱する。

2よりも大きな全ての偶数は、二つの素数の和として表すことができる。

シンプル極まりない内容に、栢山は鳥肌が立つ感覚を覚える。が、それを十河は察していた。「お前、今、面白いと思ったろ」

栢山は白状する。「思った」

「俺は、この予想で数学者としての人生を台無しにした人を知っている」

「台無し？」

十河は、本を検分するとまた山に積んで、別の本を取る。「この予想の証明を生涯のテーマと定めて取り組み、ついに証明できなかっただけでなく、数学者としての才能が開花する時期の全てをこれだけに費やしてしまったため、周りが業績を上げていく中で何の結果も残すことができず、とうとう居場所がなくなった」

まるで自分のことのように話す、と栢山は思ったが、おそらく違うと感じた。悔恨ではなく憐憫《れんびん》が窺えたからだ。彼自身ではなく、身近にいた人のことを思い出しているようだった。

「まだ、証明されていないんですか」

「だから、予想と言う」

「でも、いずれ誰かが証明するかもしれない」

「そう思って、我こそはという人間が挑んでいく。しかし、そうした者どもをことごとく呑みこんで行く、そういう問題が数学にはあるんだ。底なし沼のように立ち向かう者をすべて呑み込む問題が」

十河は思い出すように虚空を見る。

例えば、エルデシュ・シュトラウス予想。

2以上の任意の自然数Nに対して、

$\frac{4}{N}=\frac{1}{l}+\frac{1}{m}+\frac{1}{n}$ を満たす自然数(l,m,n)が存在する。

あるいは、双子素数の問題。

差が2である素数の組(例えば11と13)を双子素数と言う。

双子素数は、無限に存在するか?

すべて、今なお未解決であり続ける問題。

「でも、誰も挑まなければ、解けないいままになる」

十河は聞き飽きたとばかりに無反応だった。「フェルマーの最終予想。ポアンカレ予想。これらも難攻不落と思われていた。しかし、フェルマーの最終予想は幾人もの数学者の成果が積み重なった挙句、360年後に証明された。ポアンカレ予想も100年を経てひとりの孤独な数学者によって証明された」そして、と言葉を継ぐ。「ゴールドバッハ予想も、すべての偶数は高々6つの素数の和で表せる、というところまでは証明できている。双子素数の問題も、差が2にはまだほど遠いが、差が246以下の素数の組は無限に存在することまでは証明されている」

「じゃあ」

「それでも、底なし沼には変わりない。想像してみろ」十河の口調はいつもと変わらず、淡々としている。だからこそ、触れたことのない未知の恐ろしさを感じさせた。

「自分が定めた問題に、一日中、平日も日曜も祝日も、何年も何十年も取り組み続けるんだ。でも、まったく成果は出ない。手がかりがあったと思ったら、三日後にはただの幻だったと分かる。それを、延々と繰り返していく日々。そもそも、その問題が解決可能か解決不可能か、それさえも分からない。おあつらえ向きにあらゆる数学的命題が証明可能なわけではない、と証明されている。自分の取り組んでいる問題が、もしそういう類《たぐい》の問題だったら？　その先には何もないところを、自分は進んでいるのかもしれない。限られた、数学者としての自分の大事な時間を費やして」

三十分の定時を知らせる時計の音が鳴る。一度だけの斉唱。

「フィールズ賞を知っているか」

「数学のノーベル賞」栢山は答える。

「フィールズ賞の対象が、なぜ40歳までなのか分かるか」

知っていたから、栢山は何も言わなかった。十河は二冊目の本の検分を終えて、珈琲カップを手に取る。

「数学の才能は、早くに最盛期を迎えるとされているからだ。40歳を過ぎて、偉大な閃きや発見を残すことは難しい。つまり、若いうちに開花しないなら、そもそも才能がないということになる」

限られた黄金時代を、底なし沼に費やす。

それは、自分の才能をどぶに捨てることに等しい。

「その覚悟があるなら、やればいい」忠告はした、と十河は栢山に目を向ける。

「あの数列には、手を出すな」


じゃあ、と七加は荷物を持つ手に力を込める。

「勝つつもりなんですね」

答えはない。当たり前だ。

勝つつもりなのだ。

でも、どうやって。喉《のど》まで出かかった悲鳴にも似た言葉を、しかし、七加は押し留める。言えるわけがない。この二日で、それまでとは打って変わってしまった栢山を目の当たりにして。それは腫れている瞼《まぶた》のせいだけではない。

40時間たって、決闘は既に時間的に折り返している。まだ半分近くある、とも言える。しかし相手の速度は、現在の開きは、傍で見ている七加でさえ、前に進む意志を挫《くじ》かれるには十分だった。E^2で観戦している多くの観衆にも、同じような雰囲気が流れ始めている。しかし、この栢山の背中を見たら、何も言えない。ひとり、机に覆《おお》いかぶさるように丸まって鉛筆を動かす背中には。黙って出て行くしかない。そう思い、音を立てないように扉に手をかけた。すると。

「俺の弱点って、何？」

後ろから、栢山の声がした。振り向くと、栢山はタブレットを見たままだった。

「それに答えると、助けになるんですか？」

七加は、背中に問いかける。

「分からない」

そう、答えが返ってくる。七加は、その場で目を閉じた。栢山は何かを摑もうとしている。それが何か分からないままに。考える。そして、目を開ける。

「前に、呪いって言ったけれど、栢山君は」

ぽつんと座っている背中に、投げかける。

「なぜ数学をしているのか分かっていない。戸惑いながら数学をしているみたい」

夜遅くまでやっている公立図書館も、夜にはほとんど無人だった。大きな閲覧テーブルの端に座り、高い天井と大きな窓がある広い空間の片隅で、問題を解き続けていた。見渡す限り人の姿はなく、時折、どこかでした音が遠く聞こえる。

解いても解いても、差は歴然とそこにあった。まるで永遠に追いつけない蜃気楼《しんきろう》のごとく。急《せ》かされるように、脅迫されるように問題に向かい続けるけれど、無駄でしかないように思われてくる。その思いを振り払おうとしてますます急かされ、加速せねばと追い詰められていく。

休むことなく、全力で走り続けなければ追いつけない。全力で走ったとしても追いつけるかどうか分からない。それでも、走るのを止《や》めれば、終わる。身体《からだ》は一切動かしていないのに、息が切れ、酸素が不足し、呼吸が早まる。身体がこわばり、だるささえ覚える。

追い詰められている。

これが追い詰められるということか。

疲労も限界に近い。

諦めて足を緩めれば、終わる。分かっている。だが、このまま全速力で走り続けるにも限界がある。追いつけないかもしれないのに、それでも走り続けることの苦しさを、栢山は初めて知る。

数学を続けていけば、いつか、こういう思いを抱くことになるのか。

問題だけ解けばいい。そう考えても、余計な思いは悪魔のように侵入してくる。

ひとり計算をし続けた、顔も知らないコールのことを思う。

ノイマンは、ただ決闘するんじゃない。
心を折りに来る。
スピード自慢には、スピード勝負で。
プレッシャーに弱ければ、そういう状況に追い込んで。
得意分野で潰《つぶ》し、弱点を容赦なく叩く。
奴に負けて、E^2に現れなくなった人間もいる。

スピードスターからのメッセージが頭に浮かぶ。
このルールも、俺の心を折ろうとするためのものなのか。
なぜ、こんなルールにしたのか。
また、その問いが頭を掠める。いや、何度もその問いに戻っていく。
そこに何かがある気がする。自分の中の何かが告げている。
また一問解き終わり、解答を入力しながら思考を続ける。
もしも。
彼が俺の心を折ろうとして、それが達成されようとしているのであれば。
そうだ。栢山は、顔を上げる。目の前の景色に、久しぶりに、自分がどこにいるのかを思い出す。しかし、その風景は目に入ってくるだけで、素通りしている。

今自分が考えていることそのものが、陥っている状況そのものが、答えのはず。

何かに届いた、気がした。

諦めさせようとしているのか。

この勝負を。

いや。

数学を。

九十九書房で目の前にいた、童顔の笑みを思い出す。

——戸惑いながら数学をしているみたい。

どうして数学をやり続けているのか。キフュとの約束だから。七加のように数学が好きだとはっきり言えるほど好きなのかどうかも分からない。七加は戸惑いと言った。呪いと言った。それはそのとおりだと思う。

——なぜ行くの？

雪の喫茶店で、紅の唇から出た言葉を思い出す。

——じゃあなぜ数学をしているんですか。

どうして、誰も彼も、なぜ、と問うんだ。

ふつふつと湧き上がってくる何かがあった。それは、とても熱かった。

空っぽのまま進むには、苦しすぎると？

空っぽのまま進めるほど、甘くはないと？

理由がなければいけないのか。理由がなければ駄目なのか。

理由がなければ、やり続けることができないとでも思っているのか。

熱い何かは、胸を満たす。そこで止まらない。さらにせりあがって来る。

――このまま進んでも、何もないかもしれない。

このまま問題を解き続けても、永遠に追いつけないかもしれない。そう思わせれば、諦めると？

数学をやり続けることそのものまで、諦めてしまうと？

こんなに苦しいなら、数学を続けることそのものを放棄すると？

そう、思われているのか。

熱い何かは、煮え滾《たぎ》るようなたった一言に、凝縮した。

――ふざけんな。


七月に入ったその日、決着の日は、快晴だった。昼休み、七加は廊下を走り、階段を駆け上がり、数学研究会の教室に顔を出したが、栢山の姿はなかった。どこでやっているのだろう、と持っていたタブレットを開くと、また栢山が正答数を伸ばしていた。

E^2の掲示板が、再び熱を帯び始めていた。昨夜から、栢山が差を縮めていたからだった。書き込みの件数も増える中で、スピードスターが、ノイマンの解答速度が少しずつ落ちている、というコメントと、開始から六時間単位での解答数を計算して上げていた。先行して心を折る作戦ということは、ノイマンは前半に賭けていたということでもある。ずっとマラソン選手のようにペースを守り続け、不眠不休で三日間そのまま走り続けられるのだと誰もが思っていたが、ノイマンも人の子で、そのツケが現れ始めた、と観客は色めき立った。

さらに熱を帯びた要因は、ここに来ての栢山の加速だった。先行されて、開いた差に喘《あえ》ぐように見えていたこの対戦者は、昨日の昼の段階では、決闘自体への関心が引き始めるほど失速していて、いつか止まると誰もが思っていた。この差で、このノイマンのペースで、追いつけるはずがないと。しかし、逆のことが起こり始めた。深夜にも解答を重ね続け、今朝起きて決闘の状況を確認した誰もが眠気が飛ぶほど驚いた。さすがにノイマンも最後の夜はそれまでと比べて停滞していたが、その間に差が埋められていたのだった。

午後になり、放課後になり、風をまとった夕暮れが迫るにつれ、E^2は最近なかったほどの人だかりがにわかにできつつあった。事の次第に気づいたノイマンがペースを上げるが、それに追随して栢山は詰めた差をそれ以上開かせない。むしろ、じわじわと一問、また一問と、にじり寄るように縮めていく。

E^2は、まるでスタジアムのような熱気に包まれていた。

なぜ、心が折れないんだ。

偕成高校の図書館、その一角に居並ぶ自習ブース。パーティションで区切られた机の上で、ノイマンはタブレットの問題をさばきながら繰り返しその問いにさいなまれていた。

あの線の細い同い年が、これほどに粘りを見せるとは思えなかった。古本屋で対面したとき、根無し草のように見えた。今、タブレットの向こうで解答数をまた伸ばしている相手が、あの人物であるとはにわかに信じられない。

負けるわけにはいかない。

負けるはずがないからと口約束した、オイラー倶楽部の席。

他校の人間がもとより座れるはずもなく、それ以前に、そんなものを賭けて負けるわけにはいかない。

たまたま、勉強が得意だった。人並みはずれて。特に、数学は得意だった。

自分が得意なところでのしあがっていくのは当たり前のことだ。

人よりできるという優越感を一番味わえる場所で生きていく。そこまで秀《ひい》でたものを持っていない人間だっている中で、恵まれたことに自分はそれを持っている。だったら活《い》かさないのは罪悪だ。

数学が面白いとか面白くないとか、役に立つとか立たないとか、そんなことはどうだっていい。得意だからやっている、ただそれだけ。だから頭角を現す。誰より上に行く。それだけが目標であり、ゲームのゴールだ。

そのために必要なら何でもする。どんな手も使う。数学をする人間はどうにも純粋な奴が多い。数学をどこまでも純粋なものと信じていて、そこに惹《ひ》かれている。夢見がちな奴ばかりだ。その中でどう頭ひとつ抜きん出るかを考えて実践することは、赤子の手を捻《ひね》るがごとしだった。

問題に対して戦略的であるなんて当たり前。致命的なのは、誰もが決闘の戦略を考えないことだった。純粋に問題を解けば勝てると思っている。そうじゃない。裸で戦場にいくようなもんだ。自分がどうすれば勝てるかを考えるなんて当然。ゆくゆく自分を脅《おびや》かしそうな相手だったら、その場で勝つだけではなく、もう二度と立てないようにすることまでを考える。

そうやって、オイラー倶楽部に入ったのだ。

自分に負けてその座を明け渡した先輩は、E^2を去った。

オイラー倶楽部には、あと四人先輩がいる。彼らも追い抜く。倶楽部の現部長である、皇《すめらぎ》さんもいずれ。今は無理でも、いつか出し抜く。

それなのに。

また、栢山が一問伸ばしてくる。差は、もうない。

自分の疑念を、迫り来る足音にせり上がる感情を、押し殺すように問題に向かう。決闘に負けたことはもちろんある。しかし、ここまで自分の思い描いた通りの展開を形作れたのに、自分の思い通りの結末に至っていないのは初めてだった。

秒針が刻む幻の音を聞きながら、もう一度、あの時対峙した相手の姿を、顔を、思い出す。三ツ矢サイダーを飲んでいた、細身の同い年の男子。

お前、誰なんだ。

そう問いかけたとき、三日間に及んだ決闘の終わりを告げる音が鳴った。

は、と顔を上げる。静かな図書館があった。わずかな音でも響く、静謐《せいひつ》な場所。

しばらく、力を使い果たして呆然《ぼうぜん》と座っていた。

どれくらいいたのか。

館内に、間もなく閉館だとアナウンスが流れる。

どこかで、椅子のきしむ音がした。アナウンスに促され、出口に向かう足音が聞こえる。こんな遅くに、自分以外にも人がいたのか。

足音は近付いてきて、近くの廊下、パーティションの向こうからその主が現れる。

三日間考え続けてもはや何も考えられない頭で反射的に見ると、深い湖のような目が、こちらを見下ろしていた。

オイラー倶楽部のリーダー、皇大河《たいが》だった。

「いい試合だった」

小さいが鋭い声でそう言うと、歩き去っていった。


「三日間もやって、結局、同点ですか」

九十九書房で、七加は膝の上に載せた猫を撫でていた。「あと一問解けていれば」

いつの間にか日が長くなっていて、この時間でもまだ明るい。夏めく夕暮れは、名残を惜しむように続いていた。

「引き分けだから、オイラー倶楽部入りも、京の数列の答えもなし、ですか」

「別になんだっていいけど」栢山は三ツ矢サイダーを飲みながら呟く。

「どれだけ話題になってたか、知らないんですか。みんながっかりですよ。ブーイングです」

「そう言われても」

「なぜ、追いつけたんですか」

七加が、そう訊ねた。

「誰も、絶対追いつけないと思っていたのに」

「相手が失速したから」

「別にそういう旅人算みたいなことを聞きたい訳じゃありません」七加は目を細める。

「なぜ、あそこで諦めずに解き続けることができたんですか」

呼び出したのはそれを訊くためか、と思わせる真剣な目つきだった。どう答えていいものか栢山は迷う。自分でも、うまく言葉にできるような気がしない。

「理由はないよ」

「理由はない？」はぐらかすのか、という目で七加が睨んでくる。

「ない。なければ駄目？」

「駄目だと思います」

「なぜ？」

「そうしなければ、理解できないからです」

「じゃあ、理解しなければいい」

「数学をやっている人間の言うこととは思えない」

「別に何だって言うよ」

「論理的ではない」

栢山は一瞬考える。「数学は、別に論理だけでできてるわけじゃないと思う」

「じゃあ他に何があるんですか」

「知らない」

「遊んでます？」猫を撫でる手に力が入っている気がする。猫が察して、そろりと膝の上から抜け出ようとするが、七加はこちらを見たままそれを許さない。

「どいつもこいつも、なぜなぜうるせえな」

栢山が口にすると、七加はその言葉遣いに口を噤《つぐ》んだ。栢山は、誤解を解くように続ける。

「そう思ったら腹が立ってきて、やれた」

「怒りのあまり、ですか」

「そこにあるから解く、それだけだった」

七加はしばらく黙っていた。言葉の意味を考えていたのだろう。

タブレットが音を立てる。栢山は、考え込む七加をそのままにして確認すると、メッセージが届いていた。差出人は、思わず首を傾げるような相手だった。開いて、文面を読む。そこには、思いもしなかったことが書かれていた。

「どうしたんですか？」七加が、栢山の表情を察して、訊ねてくる。

よく分からない、とタブレットを見たまま応える。「合宿だって」

「合宿？」問い返した七加の一瞬の隙をついて、猫が床へと逃亡に成功する。

「元気になった？」

補習が一段落すると、柴崎は言った。栢山が何のことかときょとんとしているのを見て、言葉を継ぐ。

「ここ数日、いつもと様子が違ったから」

ああ、と栢山は緩慢に反応する。

「今日はさっぱりしたように見える」

「よく寝たから」

昨夜は、何を食べたかも覚えていない。風呂《ふろ》にも入らずにいつの間にか眠っていて、目覚めるとまだ夜明け前で、ほのかに明るくなり始めた窓の外、鳥の声が遠くに聞こえていた。

「期末試験の勉強？」

「いや、別のこと」

「数学？」

「そう」

「余裕だね」

「いや、別に他の教科の成績よくないから」七加と違って。

「知ってる。たぶん、数学以外は私の方が点数がいいと思う」

あ、そう、と栢山は言い捨てる。

「お陰で数学もなかなかの点が取れると思う」

前よりは、だけれど、と彼女は付け加える。

「おお、青春まっしぐらだな」

割り込んできた声に振り向くと、廊下側の開いた窓から、丸坊主の王子が野球のユニフォーム姿でのぞき込んでいた。

「柴崎、悪い、俺の机にお守り入ってないか見てくれよ」

そう言われて、柴崎は王子を見たまま机の中を手探りする。机から手を出すと、そこには雑誌が握られていた。

「違う、それじゃねえよ」王子は慌てることもなく言い放つ。柴崎は、手に持ったそれの、様々な女性があまり服を着ないで写っている表紙をしばし眺めていたが、そのまま、その雑誌をすぐ横の窓から捨てる。

ええ、と甲高い声を上げて、王子が身を乗り出す。「お前、馬鹿か」

「馬鹿はお前だ」柴崎はもはや目も合わせずに帰り支度をしている。

「何てことするんだ」王子がリノリウムの床を擦《こす》る音を立てて廊下を走り去っていく。

「四階だけど」一応、言ってみる。

「うん」

「下に人がいたら」

「この下は玄関口の屋根だよ」

「ああ」一応そこまで考えてからやっているのか。しっかりしているというのか、度胸があるというのか。じゃあ、たぶん、あの雑誌はもう救出できないわけね、とも理解する。

「あれでも、ベンチ入りしたらしいからね」

「一年で」栢山が言うと、柴崎が頷く。「結構すごいことらしいね」

「だろうな」

「ま、どれくらい試合に出られるか分からないけど」

「すごい奴だったんだ」栢山は、初めて王子のことを知ったように呟く。

「そうは思っていなかったと」柴崎が淡々と言う。

「まあ」そうは見えないよな、と雑誌が落ちていったときの表情を思い出す。

「私は今でも思ってないけど」柴崎が言うと、真下の方から騒がしい声が聞こえてきた。王子らしき声が騒いでいるのと、周りに笑い声。見るまでもなさそうだったが、つられて、二人は窓の外、校庭と、そこに広がる部活姿の生徒たちを眺める。

カーテンが揺れて、風が入る。むっとした陽射しを含みながらも、汗を引かせるような夏の風だった。三日しか経っていないのに、いつの間にか季節が変わってしまったようだ、と栢山は思う。久しぶりに学校にいる気分だった。

　下からの声は、まだ続いている。

「もうすぐ夏の大会なのに」何やってるんだ、と柴崎が何の感慨もない口調で言う。

「栢山君は、夏は何するの？」

「今までどおり」

「本当に、数学のことしか頭にないってこと？」

「柴崎の頭の中には何があるの？」そう、訊ね返す。予期せぬ質問だったのか、彼女はしばし宙を見上げて考える。眩《まぶ》しそうに、目を細めている。

「今度の試合のことかな」

「薙刀の」

「夏にあるんだけど。楽しみ」

「薙刀の試合って、どんな風なの」

「戦うんだ。もちろん」

「剣道みたいに」

「そう」

「楽しいの？」自分は決闘のとき、楽しかっただろうか。

また彼女は考え込む。自分が納得していない言葉は口にすまい、とでも言うように。

「中学のときやってた陸上は、独り相撲みたいだったから」

「陸上だけど」

「陸上だけど」それはいまひとつだね、と柴崎は鼻で笑い、何だろうな、と自分の中で言葉を探す。

「戦うのって、会話をしている感じがする。それも、すごく真剣な会話。休み時間に話したりしているのよりも、ずっと真剣な会話」

真剣な会話、という言葉が、栢山の中のどこかを叩いた。

「どうでもいい話ももちろん楽しいけど、真剣な会話って、すごく楽しい。だから好き」

そうなんだ、と相槌を打つと、柴崎は静かに言う。

「初めての、大きな試合」思いを秘めたような声だった。

「楽しみ？」

晴れ渡った空を背に、柴崎は答える。「すごく」

その顔は、夏を初めて迎える少女のように見えた。

ところが、帰り支度をして玄関を出ると、急に空が暗くなってきた。と思う間もなく、空が壊れたように大雨が一気に降り始めた。校門を出てほどなくだった二人は走り出し、閉まっているシャッターの軒先に飛び込んだ。

通りからは人がいなくなり、ただ土砂降りが街を叩く音だけに包まれた。

夏の始まりを告げるような、ゲリラ豪雨だった。

きっとすぐやむだろう、と軒から絶え間なく流れ落ちる雨垂れと、アスファルトを跳ねる雨粒を、二人は身体を拭きながら見ていた。柴崎から借りたタオルで髪を軽く拭く。タオルは、自分とは違う匂いがした。

「ひとつだけ、決めていることがある」

しばらくして、これはすぐにやまないのではないか、と疑い始めた頃、柴崎がそうぽつりと言うのを聞いた。横を見れば、濡《ぬ》れた夏服も、濡れた髪もそのままに、担いでいた薙刀の布袋を解いて丁寧に拭き続けている。

目線は薙刀に落としたままだった。

「決めていること?」

「薙刀の試合に出るときのこと」

道は、水溜《みずたま》りとそれをつなぐ流れだらけになっていた。街のあちこちの軒に、滝が出来ていた。

「陸上ではできないけど、薙刀だとできることがある、って気づいて」

「何それ」

「私、始めたばかりだから、まだ弱いんだ」彼女は薙刀を拭く手を止めない。雨が降っていることとさえ忘れているみたいだった。

「ずっとやってきた先輩にはまだ全然勝てないし、打たれまくり」

まだ、という言葉を栢山は聞き逃さなかった。

「団体戦では、足を引っ張るかもしれない」

私のせいで、チームが負けてしまうことだって、あるかもしれない。

「それでもね」

「それでも？」

柴崎は、拭き終えて、手を止める。

「誰が相手でも、どんな状況でも」

薙刀を検分するように、目の前にかざす。

見上げながら、続きを口にする。

「逃げない、って」

それだけは、決めてるんだ。

たとえそのせいで負けても、そのせいでチームの足を引っ張っても。

仕上がりに納得して、柴崎は薙刀をまた布袋にしまう。きゅっ、と紐《ひも》を結ぶ。担ぎなおす。
それから、横にいる栢山の方を向いた。
「そうでしょう?」
そう言った。
何を問われているのか、分かるようで分からなかった。
だから、諦めなかったんでしょう?
だから、解き続けたんでしょう?
何を問われているのか、分からなかったけれど、分かったような気がした。
「そうだな」
答えると、柴崎は少しだけ笑った。
小さく頷いた、気もした。
二人で、雨に支配された街を、軒下でしばらく見ていた。
雨の匂いがした。
むせるような匂いが立ち上ってくる。
暴力的な雨音だけがあった。
「私たち」
その中で、柴崎の声が聞こえた気がした。

いくら耳をすましても、その先は聞こえなかった。

言う必要がないってことだろうか。

聞く必要はない、と栢山は思った。


「まるで登山みたいだな」ブリックパックのメロンオレを飲みながら、東風谷が笑った。

期末試験の結果が返ってくるだけの、午前で終わる放課後。校舎の四階をつなぐ渡り廊下にある古びたベンチには、容赦ない陽射しが降り注いでいた。目の前に広がる校舎の壁が眩しい。

「何が」

「山を登らない人は登る人に訊くんだ。なぜ山に登るんですかって」

なぜわざわざそんなしんどいことするんですかってことだよな、と付け足して、東風谷はずーとストローの音を立てる。俺はお前がそんなに辛《つら》いトレーニングを嬉々《きき》としてやっている理由が分からない、と栢山が言うと、それはお互い様、と言い返される。

「その質問に対する、一番有名で、たぶん今のところ一番しっくりくる答えが」と東風谷は指を立てる。

「そこに山があるからだ」

聞いたことのある言葉だった。

東風谷は笑う。「答えになってないだろ?」

「なってないか」

「ないない。だってそう答えられても、『山があるのは知ってます。でも、私は登りません。だから、どうしてあなたは登るんですか? って訊いてるんです』ってなるだろ」

「なるほど」

「でも、それが答えなんだよな」

どっちだよ、とは言わない。言いたいことはなんとなく分かる気がした。東風谷は、空になったパックをいかにも山に登りそうな大きくてごつごつした手でつぶすと、唐突に呟いた。

「何も考えていなかった」

何のことだ、と栢山は訊ねる。

「キフユが言ってた。なぜか、この言葉だけ覚えていてさ」

「何も考えていなかった」栢山は復唱してみる。「言ってたっけ」

不細工な吹奏楽器の音がどこかから聞こえてくる。あ、え、い、う、え、お、あ、お、という発声練習も別のどこかから響いてくる。

シャツの中が、じわりと汗ばんでいるのが分かる。

　一学期があっという間に終わり、終業式は明日だ。

　気の早いせっかちな蟬《せみ》が、一匹もうフライングスタートしている。

　東風谷が訊いてくる。「数学合宿か。そんなもんもあるんだな。夜の数学者ってのに会えるのか」

「同じく」

「どうだろう」数学オリンピックのための強化合宿、としか説明はなかった。

「どんなことするのか、さっぱり想像がつかん」

　はは、と二人は失笑する。

「そっちは山だな」

「待ちくたびれたよ」

「なぜ登る」

　東風谷が立ち上がる。山のようだな、こんなにでかかったっけ、と栢山は見上げて思う。どれだけのトレーニングをしてきたのだろう。ただ、山に登ることを待ちながら。

「そこに山があるからだ」

「それよりいい答えが見つかったら、教えてくれ」

　栢山も立ち上がる。

　動くと感じる暑さに、思わずくらりとする。

「昔から不思議だったんだが」東風谷が、渡り廊下の端にあるゴミ箱にパックを捨てる。

顔に照りつける太陽に手をかざし、栢山はその先を待つ。

「青春っていうけどさ、俺にとってはどう考えても春より夏なんだよな」

東風谷が白い半袖シャツも眩しく、不可解そうに言う。

二人並んで、陽射しから逃げるように校舎に入る。

そうかもね、と栢山は相槌を打つ。

来《きた》る季節の光に午睡する校舎に、跳ねるような自分の足音が反響した。

夏の、足音だった。

2

夏の集合

夏休みに入って栢山《かやま》は、朝起き、飯を食べ、ひたすらE^2で問題を解き続けた。

ノイマンとの決闘以来、めっきり決闘の申し込みは減ったので、ひとり問題に向かった。自分の部屋で、図書館で、九十九書房で、行き詰まるか動きたくなると場所を移しながら、数学のことばかり考え続けた。夏の街を徘徊《はいかい》しているようだった。蟬の大合唱の下、自転車で街を巡回するように移動しながら、先ほどまで考えていた問題の突破口を思いつくと、スピードを上げた。

入道雲を見上げながら、緑陰濃い高台に自転車を止める。サドルが太陽熱を受けている。九十九書房のガラス戸を開けると、少しひんやりした空気とともに、ラジオの高校野球実況が耳に入ってきた。金属バットの快音が聞こえ、歓声が割れた音になっている。

十河《そごう》は一心にパソコンを叩いている。

奥のテーブルに、七加《ななか》と、蓼丸《たでまる》が座っていた。なぜ蓼丸まで、という表情を察したのか、サーフボードの描かれたTシャツを着た蓼丸が仏頂面でガリガリ君を振った。

「生徒会の宿題をやる、って呼び出された」

「そんなにやることあるのか」

「秋は文化祭や体育祭や会長選挙と、行事が多いんです」ノースリーブの七加はにべもなく言う。青と白のボーダー柄で、とても夏らしい。猫は、どこかに出かけているようだ。

「にしても、別に夏休み入りたてにやらずともよい」蓼丸が抗議する。

「暇ですよね」

「何もしないという贅沢《ぜいたく》を味わう。そういうことを忘れているんだお前は」

「老後にやってください」

ガリガリ君以上に溶けそうになっている蓼丸を横目に、栢山は七加に夏休みに入る前に借りていた本を渡す。「もう読んだんですか」七加が訊ねると、栢山は頷きながら空いている椅子に座って三ツ矢サイダーを飲む。自転車をこぎすぎて、喉が渇いていた。Tシャツの中に汗が流れる。カウンター上のラジオから、アナウンサーの声が聞こえる。

「うちの高校は、勝ち進んでいるみたいです」七加が本をしまう。そうなのか、と栢山は丸坊主の王子《おうじ》を思い出す。王子はすっかりあの丸坊主頭で記憶にストックされているんだな、と可笑《おか》しくなる。「王子は出ているのかな」

「さあ」

「まだ出てない。ベンチだ」ふてくされた顔をしたまま、蓼丸が口を開く。

「よく知ってるな」.

「生徒会舐《な》めんなよ」と七加に思わせぶりな流し目を送る。

「凄い凄い」七加は一瞥もせず、何かを書いている。

「がさつな扱いに抗議する」

「がさつではなく、フランクなんです。ほら、同じ一年生同士」

「そんな言葉のすり替えで騙《だま》されると思うのか」

微笑《ほほえ》ましい応酬を耳にしながら、タブレットを起動し、問題の続きを始めた。自転車をこいでいる最中に思いついた解法を試す。紙に軽く書いていくと、いけそうだという手応えを感じる。風が、吹く。そのまま問題を進めていく。時折、ラジオから球場の歓声とアナウンサーの声が高ぶるのが耳に入る。が、すぐにまた問題に戻る。そういう自分の集中の動きを、面白いな、とどこかで思う自分もいる。展開されていく式が、徐々に望ましい形へと風通し良くなっていくのを感じていた。やがてすっきりした答えが、姿を現す。キレイだ、と満足して鉛筆を置き、顔を上げると蓼丸と七加は秋の行事のことで喧々囂々《けんけんごうごう》していた。じわりと顎の下に汗をかいている自分に気づく。Tシャツが身体に張りついていた。

一息涼んだところで栢山は立ち上がる。ラジオの中の球場は、音だけでも暑そうだ。

「合宿はいつからですか」七加がこちらを見上げる。

「話題を変えるな」

「明日から」

「どうせ数学の合宿なんて、男ばかりだろ」負け惜しみのように蓼丸が言うが、何の負け惜しみなのか分からない。

　こちらを見上げたままの七加の視線に、言いたいことがまだあるのかと視線を返す。

「数列は解けましたか」

「いや」京《かなどめ》の数列と明言しないのは、十河がいるからだ、と察する。そうですか、と口をつぐむ彼女を無言で待つと、しばらくして、今までとは違う低い声が返ってきた。

「もし、クォーククォークが来ていたら、気をつけてください」

「クォーククォーク？」おかしな名前に蓼丸が突っ込みを入れる。栢山は、E^2のユーザーネームか、と頷く。

「気をつければいいのか」

「できれば」七加は言葉を一度切る。「仇《かたき》をとってください」

　何かあったのか、とは訊ねない。訊ねないで欲しいと言われている気がした。

　代わりに、一言で済ませる。

「分かった」

翌朝、蟬の声がまだないプラットホームで、スポーツバッグと共に電車を待つ。

夏の早朝、人は少ない。空を見ると、どう呼ぶべきか、その名を知らない色をした雲に、鳥が飛んでいる。線路の向こう側、反対路線のプラットホームのベンチに、釣りの道具を持った老人が座っている。

タブレットで、これから向かう場所を確認する。ノイマンとの決闘の後に来たメッセージの差出主は、E^2事務局とあった。

音がする。顔を上げる。

まだ知らないどこかへと自分を連れて行く電車が、朝日を受けてまっすぐ入ってくる。

電車を幾度か乗り継いで、夏の街から街へと旅を続けながら、栢山は初めて京の数列をじっくり眺めてみた。自分がこれまで向きあっていなかっただけで、E^2ではそれをめぐる発言は途切れる気配がなかった。

でも、これこそが数学。

1 2 6 25 45 57 299 372 764 1189 2968 14622 ……

この数列の法則性は何か。様々な推測が数列の周辺に浮かんでは消えていた。数字の増え方が徐々に極端になること、数字の増加分が大きくなる一方ではないこと、素数が三つ目以降ひとつもないこと……。観察して得られる事実が方々から持ち上がってはこの数列を包囲する壁のように取り巻いているが、それ以上近づける様子は一向にない。12個の数字を通る曲線を、数式を作ることはもちろんできる。でも、そんな答えを求めている問いとは思えない。では、この次に来る数字は何か？　誰もが納得のいくその答えは出てこない。数学的法則ではなく、例えばどこかの人口や、自然界の数字ではないか、などのアイデアも百出していた。分かったという声が時々上がっては色めき立ち、すぐに論破される、の繰り返しだった。

「最も美しい数列を知っているか？」

過ぎ行く車窓、彼方《かなた》の入道雲に刺激されたのか、キフュの言葉が浮かんだ。

柊先生はそう言って九十九書房の奥のテーブルの上で、紙に書く。

1　1　2　3　5　8　13　21　34　55　89　144　233　377　……

「法則が分かるか？」柊先生に問われて、三人の少年はそれを穴が開くほど覗き込む。しばらくして、大柄の東風谷《こちたに》が口を開く。「間が、一つ前の数字」

「ほぼ正解だが、もっとシンプルな言い方がある」

「並ぶ二つの数字を足したものが、次の数字になる」栢山が答える。

「そうだな」

「これのどこがキレイなんだよ」蓼丸が茶々を入れる。

じゃあ、と柊先生は指を立てる。「この世で最も美しい長方形を書いてみろ」

三人は目の前にある紙に、めいめい長方形を書き込む。一人ひとりが書いた長方形を検分しながら、この中じゃ、これが一番近いだろうな、と栢山の書いた長方形をみんなの中央に滑らす。と、自分も紙を一枚とり、定規で正方形を書くと、コンパスを取り出す。ひとつの辺を決めてそのちょうど真ん中にコンパスの針を刺すと、浮いている鉛筆部分を正方形の遠い頂点に合わせ、そこから正方形の外へと円の一部を描いた。描いた弧を包み込むように長方形を描く。その長方形は、正方形にぴたっとはりついている。つまり、元の正方形とその長方形で、ひとつ大きな長方形ができている。

「まあ、書き方はどうでもいいんだがな」

どうでもいいのかよ、と蓼丸が十円ガムを嚙《か》みながら口を出す。

「最も美しい長方形とは、辺の比が1:1.618の長方形だ」

「なんで」蓼丸は反射神経がよい。無神経なのかもしれない。

「美しいと感じないか？」柊は、各々《おのおの》が書いた長方形と、自分が今書いた長方形とを見比べるように促す。そう言われるとそうかもしれないが、これが最も美しい形と言われると、煙に巻かれたような、詐欺《さぎ》にかけられているのではと不審がるような心持になる。

なぜ、この長方形が美しいか。

「その長方形から、正方形を切り出す。すると余る部分があるな」

「この小さな長方形のところか」

そう、と柊は頷く。「その小さな長方形は、元の長方形と縦横の比が同じだ」

そう言われて、三人はまじまじとふたつの長方形を見比べる。

「つまり、この最も美しい長方形から正方形を切りとると、少し小さくなった同じ形の長方形が残る。そして、その少し小さい長方形からまた正方形を切り出すと、より小さくなった同じ形の長方形が残る。どんどん小さくなって、永遠に続く」

それが不思議なことかどうか分かったのか分からないのか、三人は呆けたように聞いていているか、聞いていないかしている。

「それは、この1:1.618という縦横比の長方形だけで実現する。この比率のことを、黄金比と言う」

「黄金比」東風谷が呟く。おおう、と宝を見つけたトレジャーハンターのような感嘆符とともに蓼丸が口を尖《とが》らせる。ま、本当は1.618ぴったりじゃなくて無理数なんだけどな、と呟きながら、この黄金比を初めて意識したのは、ユークリッドだとも言われている、と柊が付け加えると、ユークリッド、というその名に栢山が反応する。

「最も美しい比率として、古代ギリシアの頃から彫刻や建築にも使われてきた」

黄金比を表す式も、魔法のように美しいんだよな、と興に乗って柊は書き出す。

$$1+\cfrac{1}{1+\cfrac{1}{1+\cfrac{1}{1+\cfrac{1}{\vdots}}}}$$

「とも書けるし」

$$\sqrt{1+\sqrt{1+\sqrt{1+\sqrt{\cdots}}}}$$

「とも書けるんだ。どうだ、美しいだろ」

「この記号何」と蓼丸が√記号を示してブーたれる。

「さっきの数列と何の関係があるの」栢山が切り込むように声を上げる。

いい質問だ、と柊はにやりとする。「さっきの数列はどこだったか」

栢山が、机の上に散乱した紙から、一枚を取り出して他をよける。

1　1　2　3　5　8　13　21　34　55　89　144　233　377　……

「後の数字、割る、前の数字、を最初からやっていけ」柊は暗号のような指令を出すが、普通の四則演算の話だと栢山は理解し、猛スピードで紙に次々と割り算を展開していく。すぐに、あ、と呟いて、それでもしばらく手を動かしていたが、やがて関係が明らかになったのを察して、手を止める。

$$\frac{1}{1}=1 \quad \frac{2}{1}=2 \quad \frac{3}{2}=1.5 \quad \frac{5}{3}=1.666\cdots \quad \frac{377}{233}=1.618\cdots$$

「フィボナッチ数列は、どんどん黄金比に近づいていく」

不思議な手品を見るように、栢山は自分が書いた数字から目を離さない。そうなるのは分かったけど、何がなんだか分からないな、と蓼丸がガムを膨らませる。

「そ、何がなんだか分からない。この数列とこの数字は、なんだかよく分からないがこの世界にとってとても重要な数字らしい。なぜなら」柊が言葉を切ると、三人が顔を上げて見る。「黄金比とフィボナッチ数列は、自然界のあらゆる場所に見られるといわれているからだ。オウム貝の螺旋《らせん》、草木の枝分かれ、ひまわりの種、バラの花、人間の身体にも」

「なぜ？」東風谷が盆栽を鑑賞する風情で腕を組み、ぽつりと呟く。柊は、さあな、と応える。「なぜこの数字が自然界にこんなに現れるのか。大変面白い問いだが、危険な問いでもある。問い方が間違っている問いかもしれない」

「よく分からん」蓼丸は飽きかけていた。

「もし言えるとするなら」

「するなら？」栢山が促す。

「神様が好きなんだろうな」

なぜ、という問いは人を惑わせる。

知らない車窓の、どこにでもある山村風景を眺めながら、自分の思考が京の数列から遠いところへ離れていたのに気づく。もう一度京の数列を見る。この数列について、法則を発見しようとするのではなく、なぜこの数列を京が出してきたのか、という方向から推理する人々もいて、京がこの数列をE^2に上げた意味を考える推理も出ていたが、それは人の心を、しかも天才と言われる人の意図を読もうとすることだったので、本人に訊かない限り数学の答えほど明確に正誤が分かるわけもなく、何より結局この数列の答えが分からないままではただのゴシップに過ぎず、行き詰っていた。

しばらく京の数列を見ていたが、やはり分からなかった。いろいろと思いつきはするが、そのことごとくを瞬時にはね返してくる。
1 4 7 10 13 16 19 22……等差数列。
1 4 16 64 256……等比数列。
1 2 4 7 11 16 22 29……差が等差数列になっている。
じゃあ。
2 4 6 30 32 34 36 40 42 44 46 50 52 54 56 60 62 64 66……
次に来る数字は?

例えばこういう、数学的ではない法則を持っている数列だってある。そういう数列なのだろうか。自分が京に出した数列のように。そういう特殊な数列である可能性も十分にある。

分からない。

窓枠にのせていた肘《ひじ》に、跡がついていた。こすりながら、車窓を見る。

神様は、京の数列は好きだろうか。

最寄駅で降り、蟬声のシャワーが降り注ぐ駅前のバスターミナルで路線を見つけ、人《ひと》気《け》のないがらんと広いターミナルが陽炎《かげろう》にゆらぐのをひとり眺めていると、小さなバスが彼方からやってきた。山に入っていくバスにしばらく揺られると、急に開けて広大な大学キャンパスが見えてきた。コンクリートとガラスの校舎が、人のいない芝生と煉瓦《れんが》道に点在しており、夏の陽射しのなか、光と陰にくっきり切り取られたその場所は、見捨てられた天文台か宇宙基地のようにも見えた。

指定の校舎に入ると、涼しさとともにそこだけ人の気配に満ちていて、行き来する同じ世代らしき学生に目を奪われながら受付らしきところに行くと、「数学の本質は自由にあり」と書かれたTシャツを着たにこやかなお姉さんが応対してくれる。名前を訊かれて栢山と名乗ると、デスクにある名簿を確認し、お姉さんは、ああ、と弾んだ声を出す。

「京さんからご指名されてた、栢山君か」

相馬《そうま》と書かれた名札をつけるお姉さんの声は、天井の高いちょっとした通路に必要以上に響き渡った。元気な人だな、と思いながら視線を感じて辺りを見れば、行き来していた同世代がこちらを見ている。あまりいい予感がしない、と早く手続きを済ますべくお姉さんを催促していると、「ねえ」と声がした。あまりいい声の響きではないと思いつつも仕方なく振り返ると、案の定見たこともない初対面の女子が、睨むようにこちらを見ていた。しかも、まったく同じ顔が、二つ。

「あなた、京さんとどういう関係なの？」

右の方が言う。思ったより、二人ともすぐ真後ろにいたので、距離が近い。細く長い眉毛も、狐目《きつねめ》も、すらりとした背も瓜《うり》二つ。ピンクの細い縁の眼鏡をかけているところまで同じ。髪型だけが、右が三つ編み、左がツインテールで違う。識別性への配慮だろうか。


「聞いてる?」左が、一歩近づいてきた。とにかく近い。

「一度会ったことがあるだけなんすけど」と答える。

二人とも、信じていない顔。そこも合うのか。「それで、あの数列は何?」

「知らないよ」

「答えも?」

「もちろん」

「じゃあなぜノイマンの決闘を受けたの?」

誘導尋問か。初対面なのに。あのさ、と栢山は会話を切る。「用件、なに?」

「なぜ京さんがE^2に初めて現れて、貴方《あなた》を名指ししたの」

「本人に訊けよ」

「話しかけたことないわよ」左か右が答える。早口で、どちらが喋《しゃべ》っているのか分からなくなってきた。

よく分からんけど、と二人に告げる。「嫉妬《しっと》か」

瞬間、二人の顔がまさに目の前に迫った。視界は二つの同じ顔だけ。立体視か。というか、近すぎる。もはや友人でもおかしい距離、というより根本的に人と人が会話をする距離ではない。

「殺すぞ」二人の声が完全にユニゾンする。重なっていて、微妙な1／fゆらぎがホラーのような迫力を醸し出していた。

「あの数列を自力で解けよ」そうすりゃ話せるだろ、と言おうとしたが、呪いをかけ終わったのか、二人同時に踵《きびす》を返したかと思うと、去っていった。

なんなんだ、と思いながら受付に向き直り、手続きを済ませる。なんだか見られているなあ、という視線を依然として身体で感じる。書類に必要事項を書き終えて身体を起こすと、名言の書かれたTシャツを着た相馬のにこやかな顔があった。

「楽しくなりそうね」

「どこがすか」

「ここには、数学のことばかり考えている人しかいないから」

そう言った彼女はにこやかな笑顔だった。あなたもそうなのか。まあ、Tシャツ見れば分かるけど。そのTシャツは、どうなのだろう。

彼女は、告げた。

「ようこそ。数学の国へ」

数学の国は、夏の陽射しと涼しさの中にあった。左一面にガラスと外の風景、右にコンクリート打ちっぱなしの壁と扉、規則正しくすれ違う巨大なコンクリートの円柱、頭上を行き交う渡り廊下、そこここにオープンスペースがあって、同世代と思しき学生が話していたり、ひとりでいたりしているのを遠い風景のように通り過ぎ、棟と棟をつなぐガラス張りの廊下を迷路のようにたどって、手元の紙をもとに案内された部屋を探し当てると、同室の男子が既に荷解きしていた。戸口の栢山に気づくと、振り返って荷物を乗り越えて近寄ってきた。柔道部にでもいそうな全体的にみっちりした体格で、顔も岩みたいだった。

「誰か分かるか？」

思わせぶりな笑顔でそう問うと、初めから栢山の答えをあてにしていたわけではなかったようで、すぐまた口を開く。「スピードスターだよ」

スピードと程遠い見た目だな。

頭を瞬時によぎったそれは口にせず、ああ、と栢山が応えたのに頷き、本名は新開《しんかい》、と握手を求めてきたのに応じると、「頼んでな、部屋を交換してもらったんだ」とまた荷解きに戻っていく。

「なんでまたそんなことを」部屋に足を踏み入れて、背負っていたスポーツバッグを自分用と思しき空いたベッドに置く。

なんでってお前、と新開はつれねえなという口調で手を止めて振り返る。「俺とお前の仲だろ」

どんな仲だったか。

「お前といると、面白そうだし」

スポーツバッグからタブレットを取り出した手を止めて、栢山も振り返る。だって、と新開は素朴な笑みを浮かべる。

「最初はだいたい同じレベルの奴かな、と思っただけだったんだけど、京にご指名は受けるし、そうかと思ったらオイラー倶楽部に喧嘩《けんか》を売るし。なんだこいつって思うだろ」

多分に誤解が含まれている気がした。

「あと、進学校から来てるやつらが多いからな。俺たちみたいに普通の学校からきている奴は多少でも知り合いになっといた方がいいだろ」

知り合い、と言われても、今日初めて会ったばかりではあるが、確かにE^2で決闘を幾度かし、メッセージをやり取りしていただけに、初対面の感じはなく、ああ、こういう人物だったのか、という思いの方が強い。

——行けるところまで、どこまでも。

見た目こそ意外だったけれど、思ったとおりでもあった。

「そろそろ行くか」

準備を終えたらしき新開が立ち上がる。栢山はタブレットで確認していた。王子のいる野球部は、今日の試合も勝ったらしく、地方大会の準決勝に駒を進めていた。きっと球場は暑いんだろうな、と頭をよぎる。

タブレットをしまい、ペンケースを手に取ると、部屋の出口で新開が待っていた。

「化け物たちを拝みに行こうぜ」

ゆるやかに左に弧を描く壁に沿って歩いていくと、やがて目当ての場所についたようで、人々が両開きの扉に次々と入って行くところだった。栢山も新開に続いて入ろうとして、ふと足を止める。

両開きの扉の周囲、その広くて白い壁一面が、書きなぐったような数式でびっしり埋め尽くされていた。直接書かれているのではなく、紙に書かれたものを大きく引き伸ばして壁紙にしているようだった。筆跡は同じで、よく見れば乱雑ではなく、ある一連のまとまった証明みたいだった。

「ウォール、と言われているわ」

扉の前の広いスペースに響く声が、後ろからした。振り返れば、さっき受付にいた相馬だった。

「夜の数学者がフィールズ賞を受賞することになった、証明の草稿。の一部」

改めて見上げる。びっしりと書かれた文字は、数字が少なく、むしろ多くは記号で構成されている。栢山が知らない記号も多々ある。

少し湾曲している白い壁一面は、その草稿で覆われていた。

これで、一部なのか。

何も言わずに栢山は見上げていた。

どのくらいの時間、取り組んだのだろう。文字は疾駆するような筆跡で書き綴《つづ》られている。けれども、おのずと居住まいを正される冷厳さもあった。記号が、文字が、まるで未知の祝詞《のりと》にも見える。

静かな宗教画の前に立っているようにも思えた。

気配に気づくと、同じく扉の前でウォールを見上げる女子がいた。

長い髪がぼさぼさしていて、癖っ毛なのかパーマをかけているのか判別し難い。少し栗色《くりいろ》がかった前髪の下から、切れ長の目で夢見るように眺めている。巫女《みこ》のように。

「五十鈴《いすず》さんもこのウォールが気に入った？」

相馬が後ろから声をかけても、五十鈴という女子はウォールと自分しかいないみたいに、焦《こ》がれる眼差《まなざ》しでウォールを見ていた。が、溢れる思いが漏れたのか、ぽつりと呟いた。

「白い獣みたい」

言葉の意味が分からず、思わず彼女の顔を凝視してしまう。

「誰も必要としない、でも、誰にでも手を差し伸べる、白い獣」

そう呟くと、誰かに操作されたみたいに、こちらを見返してきた。

「こちらは、栢山君」相馬が取り持ってくれる。

五十鈴という彼女の切れ長の目は、栢山を見通すようだった。

「なぜ決闘するの？」

彼女は、栢山に向かって問うた。

突然で返す言葉も思いつかずにいると、彼女はまたウォールを見上げた。

「あんな遠くて寂しくて美しい場所があるのに」

誰にともなく言うと、彼女はくっきりとした靴音を立てて、開いた扉の中へ入っていった。

置いていかれた栢山は、彼女の言葉に足を止めたままでいた。

「音楽家には、音に色を見る人がいるらしいね」

隣に立っていた相馬が口にした。

「数学者じゃなくても、数字に、色や手触りを感じる人がいる。形とか感情とか情景まで感じる人もいる。数字の触覚で計算する人もいるって」本当かね、と相馬は笑う。

五十鈴は、数字に何を見ているのだろう。

「私達は同じ数式を見ていても、それぞれ頭の中には違うものが描かれているんだろうね」

数学世界、という言葉を思い出す。一度見た数字を覚える自分の力も、いまひとつ役立っている感覚がないけれど、どこか奥底で何か作用しているのだろうか。いつか見たこともない何かを見せてくれるのだろうか。いつか、見たことのない景色を見せてくれたりするのだろうか。

そう思いながら両開きの扉をくぐると、そこは階段教室の後方最上段で、見渡す扇状の座席は思い思いの服装をした同世代の男女で埋め尽くされていた。

これが化け物たちか、と栢山は心中呟く。

「ようこそ、数学の国へ」

階段教室は、正面を中心点とする扇形になっていて、その半径の部分、つまり雛壇《ひなだん》の机に座る学生の両側は、一面のガラス張りになっていた。正面は縦に並ぶ巨大な二枚のホワイトボードだった。

そのホワイトボードを背に、教壇に立ったスーツ姿の壮年の男性がマイクを手に言う。

「これが、この合宿伝統の開会の言葉なんだ。まあ、証明の終わりに書くQ.E.D.みたいなもんだ」

笑いがあまり起きないのを見て取ると、腕組みしたまま首を傾げる。予定が狂ったことを訝《いぶか》しんでいるようだった。聴衆は軒並み、その頭の上のシルクハットは何だ、と思っていた。男性は、「私は、エルデシュ数6の木村《きむら》だ」と自己紹介する。こちらも、微妙に不発だった。諦めて、木村は説明の続きを始める。

この合宿が日本数学オリンピック財団とE^2創始者の共同運営であること、そして四泊五日のプログラムの概要。今日はこの後、いくつかの数学講義と、夕食パーティだけなのでご安心を、と告げてから、今日はね、と意味深な言葉を付け足した。ドイツ人のような髭の下に笑みを浮かべている。周りを見ると、その意味が分かっている学生もいるようで、同じ笑みで隣と目配せしている。

では、と木村は仕切り直し、主催者から皆さんに一言、と告げる。

ホワイトボードの右手奥の扉から入ってきたのは、相馬と、彼女が押す車椅子に座る、サングラスをかけた男性だった。

しん、と教室が静まり返る。

男性の目は、黒いサングラスに隠れて見えない。

誰だろう、と頭をもたげるが、考えるより先に身体が答えを囁いてくる。

男性の纏《まと》う空気が、つい今しがたウォールを見たときに去来したものと似ていると感じた。

まさか本物に会えるとは思っていなかったので、教室を包んでいく静寂に呑まれるように栢山は黙った。教壇の前まで車椅子を押してくると、相馬は男性の肩に軽く手を置く。男性は笑みと小さな頷きで応える。

雛壇を見上げるように顔を上げた。

その仕草で、栢山は直感する。

夜の数学者は。もしかして。

反射的に、隣の新開を見てしまう。新開は、察して小さく頷く。

「目が見えない」

――その両目を差し出しても続けたいと思ったもの、それが数学なんです。

七加の言葉を思い出す。それほどの狂気を、鬼気迫るものを、車椅子の男性からは感じられない。

あるのは、誰も知らない湖のような、穏やかな静けさだった。

「ようこそ、数学の国へ」

夜の数学者が、マイクも使わず、言った。温かみのある声だった。

「数学の国を訪れてくれて、本当に嬉《うれ》しい」

目の前の風景を見渡すように、顔をゆっくりと動かした。自分の声が教室を飛び回って消えていくのを見届けるようでもあった。

「今ここにいるすべての人が、ずっとこの国にいてくれたらと思うが、そうはいかない。いつかは数学を離れる人もきっといるだろう。離れざるを得なくなる人も」

そこまで話して言葉を切ったとき、異変が起こった。

教室中の学生が、そして教壇の周りにいる大人が、その異変に気づき、波紋のようにさざめきが広がる。一人の人間以外、全員が同じ場所を見ていた。皆の視線の先では。

女子が、まっすぐに手を上げていた。

栢山と並んでウォールを見上げていた、五十鈴という学生だった。

細い腕から爪《つめ》の先《さき》までまっすぐに伸ばして、目は夜の数学者を見ていた。

気づいていないただ一人、当の夜の数学者の耳元に、相馬が口を近づける。彼は聞き届けると、小さな口に笑みを浮かべて、頷いた。

相馬が代弁する。「どうぞ」

五十鈴は、すっと立ち上がり、凜《りん》とした声を教室に響かせる。

「なぜ、E^2に決闘があるのですか」

彼女は、そう夜の数学者に問うた。

誰もが黙って成り行きを見つめた。夜の数学者からどんな答えが返ってくるか、注視していた。その視線に気づいているのかいないのか、彼は声のした方角に視線を向けるように動かし、定めた。五十鈴はもう一度口を開く。

「数学に、争うことは必要ですか」

「なぜ、必要でないと思う？」

夜の数学者は、そう、訊いた。静かな声だった。まるで夜の囁きのような。

「数学は、美しいものです」

「争いは、醜い？」

「そう思います」物おじせず、しかしはっきりと、彼女は答えた。

「数学の美しさはその程度で汚れない。それに数学は一人でしてはいけない」

夜の数学者が、短く言った。答えを聞いて、五十鈴は息を止めたように身じろぎした。口調が鋭かったからではない。むしろ優しかった。それなのに、ちょっとやそっとの疑問ではゆるがない強さがあった。

「それでも、争う必要はないと思います」

「貴方の名は？」

彼女は、虚を突かれる。が、すぐに答える。早い、と栢山は思う。「五十鈴です」

「争う、というのは五十鈴さんの主観が選択した言葉だ」

彼女は黙ったまま立っていた。その言葉に込められた意味を、染《し》み込むように理解しているのが伝わってきた。やがて、彼女は何も言わずに着席した。

その間隙《かんげき》を縫うように、別の手が上がる。

立ち上がったのは、襟足を小型犬の尻尾のように小さく結んだ男子だった。

「なぜ、夜の数学者と呼ばれているのですか？」

「夜にしか起きていないからだ」傍らにいた木村が面白そうに代弁した。「この時間に起きている彼を見られるのは、とても珍しいことだ」と笑う。

「なぜ、夜に起きているんですか？」襟足結びの男子は訊き直す。

「夜は、人間が寝静まっているから静かでいい」

前方の席で別の学生が手を上げて、立ち上がる。後ろ姿で気づく。

ノイマンだった。来ていたのかと思い、そりゃ来ているか、と思い直す。すると、あの一角がオイラー倶楽部の面々なのだろうか。

「庭瀬《にわせ》です。この会場にいる誰よりも数学で秀でるためには、どうすればいいですか？」

ああ、お変わりないな、と思う。そのあけすけな好戦的姿勢は分かりやすくていい、と今では思うようになっている自分に気づく。己が望むことが何かを自覚するのは、案外難しい。

「誰よりも秀でる必要がない」

だからこそ、その力の抜けた答えに、聴衆は拍子抜けし、小さな笑いが起きた。

「人それぞれいいところがある、とかってことですか」

「秀でる、の定義が曖昧《あいまい》だ」

「誰よりも多くの問題を解けることです」

「なぜ誰よりも秀でたい？」

「ここにいる人は、そのために集まっているんじゃないんですか」

「そうなのか」

そうなのか、って、と小さく庭瀬は呟く。夜の数学者は、近くにいるであろう質問者に向かって、微笑を浮かべる。

「秀でることは目的ではない」

すると、その隣の席の男子が手を上げた。庭瀬はそれを見てとると、おとなしく座った。周りの学生もなぜか静まり返っていく。手を上げた男子が立ち上がるかすかな音が、教室に響く。明らかに、教室の集中の度合いがひとつ上がったのを感じながら、栢山はよく見ようと前のめりになる。隣の新開が耳打ちしてくる。「皇《すめらぎ》だよ」

「皇？」

知らないのか、と新開が咎《とが》めるように目を細める。「オイラー倶楽部の現部長だ」

言われて、栢山はそのすらりとした背中を眺めやる。

「グリゴリー・ペレルマンは、ポアンカレ予想をたった一人で考え続け、解きました」

夜の数学者は、その声の方に少し顔を動かすと、頷いて先を促す。

「どんな証明も、最初に生まれるのはたった一人の頭の中からだと思います。たとえ共同研究をしていたとしても」

朗々と述べる皇に、夜の数学者は耳を傾けている。

「貴方の意見に同意する」

「では、数学は一人でするものではないでしょうか」

「同意する」

皇は、一瞬言葉を止める。

「先生は先ほど数学は一人でしてはいけない、と仰《おっしゃ》いました」

「私は貴方の先生ではない。貴方の本当の先生に失礼になる」

そう指摘すると、また口を開く。「矛盾はしていない」

「数学は一人でするものですか、そうではないのですか」

「なぜ、その二つが二律背反でなければならない？」

「言葉として相反しています」

「言葉が厳密ではないだけだ」

沈黙が降りた。やがて、なるほど、と皇が呟くのが聞こえた。

直後、教室がざわめいた。何だろう、と思った矢先、ああ、自分が手を上げたからか、と栢山は気づいた。

相馬が夜の数学者に耳打ちし、彼が頷いたのが見えた。どうぞ、と相馬が目顔で合図してくる。栢山は立ち上がった。教室中の視線が集まってきて、少し頭に血が上るのを感じる。庭瀬が睨むようにこちらを見ていた。

その先にいる夜の数学者に目を向け、口を開く。

「数学とは何ですか」

栢山が言うと、ざわざわと少し騒がしくなり、笑いも交じった。嘲笑《ちようしよう》に近い声も交じっている気がした。が、栢山は取り合わず、夜の数学者を待った。

その時、太陽の角度が変わったのか、教室の左側のガラスから色づいた陽光が射し込んできた。陽光というより、黄金色の光の絨毯《じゆうたん》のようだった。

その光を右半身に受けながら、夜の数学者は口を開いた。

「人間の病だ」

光の教室の学生たちは、ちかちかと黄金の粒のように降り注ぐその答えを聞いた。

光の加減のせいか、少し笑っている気もした。ジョークなのかもしれない、と思う。

数学者に会うのは二人目だが、ずいぶん違うものだな、と栢山は思う。

けれど、たぶん。

たとえ相手に伝わらなくとも嘘をつかない、というのは同じかもしれない。

なぜかそう感じた。

夕食は、バーベキューパーティだった。

宿泊棟をすぐ出たところに広がる芝生で、野外バーベキューが用意されていた。四つの黒い鉄板の下で、火が踊っている。周りは森なので、火の明かりは目立つはずだが、そうはなっていなかった。広場の頭上に電線が渡してあり、色とりどりの電球が点《とも》っていたからだった。

赤、黄、緑、青、まるでお祭のようだった。

鉄板に野菜やソーセージや肉が置かれるはしから、なくなっていく。まるで繁盛《はんじょう》している屋台のように焼いている大人は汗だくになって焼きあがったよう、と声を上げている。

「俺、昼からずっと思ってたんだけどな」

そう言いながらソーセージを頬張る新開を振り返る。

「何かこの合宿は力の入れ方が間違っている気がする」

「同感」

なにがそんなに楽しいのか、というくらい大人のスタッフは楽しそうだ。なぜそんなに、と不思議に思うほどはしゃいでいる。学生はと見渡せば、夕闇に包まれている芝生の上で、めいめいグループを作って話したり食べたりしている。何人かで来ている学校は生徒同士で固まっていて、大きなグループはきっと有名な進学校なんだろう、と私服でも一目で分かった。芝生には白いテーブルと椅子が散在していて、その周りで会話に花が咲いている。自然に、一人で来ている学生で集まってグループになっていた。

「あれが偕成高、あっちが麻宮高」

「皇さん、ってやっぱりちょっと違うな」

「そうそう、質問したとき、空気変わったよな。同世代とは思われん」

「三年でしょ？」

「来年になったら、ああなれている気がしない」

「いやあ、眼福眼福」鑑賞する目つきで、ピンクの眼鏡をかけた双子の女子は皇の方を見ている。二人そろって。

「皇さんは今年の国際数学オリンピックで銅メダルだもんな」

「何でこの合宿に来てるんだろ」

「この合宿は、三年も参加が恒例らしいからね」

「何のためだ」

「皆のモチベーションをな」

「奪うためか」

そんな会話を近くで聞きながら、そうか、と栢山は気づく。皇を見たとき、記憶をつつくものがあったが、京が載っていた雑誌の集合写真に写っていた顔だ。他にもあの写真に写っていた人がいるのだろうか、と辺りを見回すと、話の輪の周縁で、ひとり鉄板のそばに椅子を持っていって脇目も振らずに食べている女子が目に入った。

紙皿いっぱいに肉やら野菜をのせると、呑みこむのも待たずに次々と食べる。とても小柄なのに堂々とした食べっぷりだった。まるで火事場の食い逃げ泥棒みたいだった。氷河期に備える小動物にも見えた。よく見れば傍らにバナナを何本か、隠すように既に確保している。栢山の視線に気づいたのか、女子はこちらを見上げ、箸は止めず小声で告げた。

「確保しておいた方がいいよ」

「氷河期でも来るの？」

「明日のためだよ」

災害に備えるような女子の口調に、理解しかねる顔をする。去年も来たのだろうか、ということは先輩か。いや。どうしても年上に見えない。誰かに聞いたのか。

「栢山です」とりあえず名乗ってみる。

「伊勢原《いせはら》です」向こうも肉を食いちぎりながら、小さく頭を下げる。どうやらファーストコンタクトは成功したようだ。

「クォーククォークって、知ってます？」そう、訊いてみる。すると伊勢原は、ああ、という風情で食べ続けながら二度、こくこくと頷いた。どうやら答えてくれるつもりはあるらしい、と栢山は小動物の栄養補給を眺めながら、待つ。ごくり、とおよそ女子高生の喉から鳴るとは思えない音がして、ふぅ、と伊勢原が肩で深呼吸すると、こちらを見上げる。「あそこにいる人だよ」

プラスチックのフォークでまっすぐ指したその方角を見ると、どの輪からも外れてひとり、植込みの近くで何にも興味なさそうに白い椅子に座っている女子がいた。

五十鈴だった。

「なんで？」伊勢原が、下から窺うように見上げてくる。

「仇《かたき》をうってくれって、言われて」

「何されたの？」

あー、と栢山は頭をかく。「聞かなかった」

そっかそっか、と最初から興味なかったかのように、伊勢原は自分の生存活動に戻っていく。明日からいったい何が起こるというのか。

涼しい風が、芝生の上を吹いた。闇になった森が騒ぐ。

まだ最後の明るさを残した西の空の上に、星を見つけた。

明日も暑くなりそうだな、と思う。

一本くらいバナナを確保しておこうかな、と食材テーブルの前を横切りながら、栢山は人の輪を外れていく。

火から離れると、ちょっと涼しく感じる。標高が高いからだろうか。

何も考えていない様子で椅子に浅く座って足を伸ばしている五十鈴が、近づいてきた栢山に気づく。

「クォーククォークですか?」栢山が訊ねる。

「どうして、バナナ?」五十鈴は、栢山の手元を見る。

「明日、災害が来るらしいから」

五十鈴は何も言わなかった。

「七加って知ってます?」

五十鈴は一瞬考える。「分からない。私が知ってるはず?」

七加も違う名前で登録しているのか、と今更ながらに思い至る。まあ、仕方がない。とすると、話すことはもうなくなる。一人でいるということは、彼女も一人で来た組なのだろうか。そもそも同じ年なのか、先輩なのか。たぶん先輩だろう、とあたりをつけていたからこそ、軽く敬語にしている。わっ、と背後で声が上がり、振り返るとひとつの鉄板の火がキャンプファイアーみたいな勢いになっていた。わあきゃあ言いながら、周りは距離をとり、収まるのを待っている。大丈夫か。

「さっきの質問」栢山は、自分でも思わぬ言葉を口にする。火の色を顔に受けている五十鈴は、何も言わないまま栢山に視線を戻す。

「俺もずっと思ってたんです。数学で何で決闘って」

五十鈴は、濃紺に白いインクが飛び散ったように広がる、まるで銀河のように見えるTシャツに身を包み、細い目で聴いている。何か聴こえないものまで聴いているみたいにも見えた。

「でも、違うのかも、とも」

「違うって？」

「決闘をすると、自分が分かる」

「自分？」

「人と違うってことが分かって、自分が分かる。数学は一人でするものじゃないって、そういう意味じゃないかと」

「自分一人でやり続けることができないだけだと思う」

ああ、そうかもしれないね、とどこかの自分がすぐに納得していた。おい待て、と思うけれど、彼女を目の当たりにするとそれも正しいと説得されてしまう。その佇まいに。視線に。

次に思ったのは、なぜか。

「じゃあ、決闘してください」

少し意表を突かれたように、しかしゆっくりと彼女は顔を上げる。「なぜ？」

この人のことを知りたい、と思ったから。

なぜ、決闘？

戦わないと、人を知ることはできないのか。

変な話に聞こえるけれど、何か正しい気もする。

「受けるよ、きっと」

後ろから声がして、ひとりの男子がプラスチックのコップを手に近寄ってきていた。火を背にしていて顔が分からない。

「クォークウォークは、来るもの拒まずだから」

ようやく見えたその顔は、質問をしていた襟足結びの男子だった。旧知の仲なのか、五十鈴のことをよく知っているような口ぶりだった。

「彼女は、決闘の申し込みは全部受ける。で、負けたことがない」

「負けたことがない？」栢山は驚く。

「でも、自分からは一切申し込まない」

「やりたくないもの」五十鈴は淡々と言ったが、心底そう思っているのが伝わってきた。

「そういう僕も、今まで四敗してる」えへへ、という風情で襟足結び男子は自分の襟足をいじる。

「負けたことがないのに、そんなに決闘を嫌うんすか」栢山が訊ねると、五十鈴は星空のTシャツを夜闇に溶け込ませたいみたいに、背もたれに体を預け、空を見上げた。

「一人でやっているときが一番美しい」

誰にも同意を求めていない呟きだった。実際求めていないのだろう。それが彼女の結論なのだ。自分の頭の中が、一番美しい。その感覚は分からないわけではなかったけれど、そう言い切れることは素直に凄いと思った。

うらやましいと思った。

襟足結び男子が告白するように話す。

「それは僕も同感。美しいから、数学をやってる」

美しい、か。舌で転がすように栢山は呟く。「数学が美しいって、何すか？」

「数学は、はっきりしている。解けたか解けないか、証明されたか、されていないか。現実と違って」

だから僕は、決闘も好きだよ。襟足結び男子はそう続ける。「決闘は勝ち負けがはっきりする。シンプルで、クリアで、曖昧なものは何もない」

清々《すがすが》しく言うと、コップのコーラを飲み干す。

「数学は万学の王だから」

　そうでしょう？　と五十鈴を見遣る。

「僕と彼女の名前は同じなんだ」

「名前？」

「彼女はクォーククォーク。僕は、第六正多面体卿《きょう》」

　栢山にはよく分からない。「何が同じ？」

「クォークは、数学でその存在が予言されていた。あるはずだと。誰も見たことも聞いたこともなかったのに、純粋に数学がそれが存在していることを予言し、そして実際にあった。六つ目の正多面体は逆に、数学によってそれが決して存在しないことが証明された」

　目の前の二人は、確かに似ている気もした。純粋なものを信じている水晶みたいな強さが。

「三枝《さえぐさ》くんは美しい問題だけが好きなんでしょう」五十鈴が異論を挟む。

「美しくない問題なんて解いたって時間の無駄だもの」

「その襟足は美しいんすか？」栢山は口を挟んでみる。

「外見はどうでもいいんだよ」

「そうすか」

「どうでもよくはないと思うけど」と五十鈴がこちら側に着く。

「だって、人間の姿なんて美しくないよ。正多面体の方が美しい」

「そうですか」「確かに」あ、見解が分かれた、と栢山は思う。短い同盟だった。

「じゃあ、正多面体と付き合いますか」

「もう付き合ってるよ」

どこまでが本気なのかが分からない。七加は仇をとって、と言った。とすると、五十鈴と決闘をしたのだろうか。だが、ただ負けただけで仇を、と言うとも思えない。その時に何かあったのか。そもそも、と栢山は思う。

「じゃあ、なぜ決闘を受けるんすか？」疑問をぶつける。

三枝と話していた五十鈴は、口をつぐむと栢山を見上げた。

その強いまなざしを、受け止める。

「逃げないだけ」


なぜか、どこかの家のキッチンにいた。

キッチン？　なんで？

ああ。これは要するに、あれだな。

「君の頭は営業中かね？」

声に振り返ると、老人がキッチンの入口に立っていた。

老人は、答えを待たずにダイニングテーブルの椅子のひとつに腰掛ける。

彼が誰だかはすぐに分かった。これから、エルデシュ数の1をもらえるのだろうか、と想像すると、メダルをもらうみたいに少し心が躍った。でも、一日十九時間考え続けることができるだろうか。すぐについていけなくなり、出て行ってしまうかもしれない。

「営業中です」シンクの前に立ったまま、訊ねてみる。「何について考えるんですか？」

「そうだな。やっぱり素数がよいと思う」

エルデシュは適切な問題を適切な人に提示した、という逸話を思い出す。

「その前に、珈琲をもらえないかな。できるだけ濃いやつがいい」

珈琲？　そんなもの用意できるだろうか、と手元を見ると、年代ものだがよく掃除されたキッチンテーブルの端にサイフォンがあり、こぽこぽと沸いていた。裏返して置いてあるカップを手に取り、淹れたての珈琲を注ぐ。老人の前に置いて、自分は向かいに座る。老人は手で礼をして、いかにもうまそうに一口すする。

「素数は孤独だと思われがちだが、そうでもない」

「そうなんですか？」

「と、思わないかね。まだ私たちが知らないだけで、秘密のつながりがきっとある」と、思わないかね。老人はまた付け加える。

「素数定理ですか。リーマン予想ですか」

「きっと美しいだろうな」

「数学は、美しいですか？」

訊きたいのはそんなことだろうか、と言った後に思う。老人は、珈琲を飲む。

「ベートーベンの交響曲第九が美しいと分からん人に、他の人がその美しさを説明することはできない。数が美しいことをわしは知っている。数が美しくなかったら、美しいものなど、この世にはない」

だから、十九時間考えられるんですか。定住地も家族も財産も持たず、粗末なスーツケースひとつで研究者の間を渡り歩き、そして、４８５人の共著者と、歴史上第二位となるほど多くの論文を書き上げたんですか。

それより多く論文を書いたのは、オイラー、ただひとり。

「なぜ、あなたは、一人で数学をしなかったんですか？」

老人は珈琲を飲み干すと、音を立ててカップを置き、ゆっくり立ち上がる。

「なぜ、一人でやらなければならないんだね？」

そう言って、テーブルに隠れていた、スーツケースを手に取った。

「皆でやったほうが早いだろう？」

「でも、誰かに出し抜かれるかもしれないとは？」

老人は、質問の意味が分からないと目を細めた。

「問題はいくらだってある」

そんなこと考えている暇があったら数学をしたまえ、と言われた気がした。

老人は、戸口に向かっていく。

え、今から出て行くのか？　少し慌てて、声をかける。

「どこへ？」

「西海岸だ」

「今は、朝5時ですよ」

なぜそんなこと自分は知っているんだ、と思う。老人は、ふむそうか、と頷く。

「だったら、間違いなく家にいるな」

「どうすればそこまで、数学だけをしていられるんですか」

勝手口の戸を開けた老人は、振り返って言った。

「休む時間なら墓の中でいくらでもあるだろう？」

その言葉に蹴られたように目が覚める。

細長い窓から、夏の朝日が差し込んでいた。

部屋の反対には、いびきをかいて新開がまだ寝ていた。

まあ、そうだろうと思ってはいたが。

夢だった。

朝食は、おそらく普段は学食であろう広いところで、バイキングだった。

が、昨夜とは違う空気があった。

芝生を黄金色に染める朝日は清々しく、爽やかな高原の朝なのに、人々が集まっている食堂なのに、談笑する声は昨日より心なしか少ない。まるで試験前のようだ。食べながら周りを眺めると、隅の方で伊勢原が昨日確保したバナナを食べていた。綺麗に空になっている皿の上に、すでに皮が何本分かのっていて、最後の一本にまさにかぶりついている。栢山の視線に気づくと、バナナを口に押し込みながら何度か頷きをよこしてきた。お前も食べておけ、という意味か。小柄なのによく食べる、と感心しながらパンをかじると、視界の端に、食堂に入ってくる姿があった。だいたいが食事を終えつつある今頃起きてきた人間がいるのか、と見れば。

皇だった。

まだ目が醒《さ》めきっていないのが一目瞭然な力のない足取りで、偕成高の連中が座っているテーブルまで歩いていく。通り過ぎる時に見れば、案の定、目がしっかりと開いていない。昨日の階段教室を呑み込んだ雰囲気は見る影もない。偕成高の連中にはもはやおなじみのようで、空けていた椅子を引いて座らせ、誰かがすでに取っていたのだろう料理の載ったプレートを前に差し出す。目を何度か瞬かせながら、そうしたひとつひとつを認識しようと頭を起動しているのかいないのか、という様子だった。誰かが珈琲を淹れてきて置くと、ようやくカップに手を伸ばし、目をつむったますする。

「幻滅だろ」新開が、昨夜眼福眼福とアニメのキャラを愛《め》でるように見ていた双子の女子ににやにやして訊くと、二人そろって眼鏡を押し上げて、鑑定するように答える。

「いや、むしろよし」

外は今日も暑い一日になりそうだな、と栢山も珈琲をすする。食事を切り上げて集合までのわずかな時間、部屋に戻ってタブレットで確認すると、高校野球地方大会の準決勝、うちの学校は第一試合だった。もうちょっとしたら、始まる。

ふと、蟬が鳴きだすのを聞いた。さあ、今日も一日始めますかあ、と腰を上げている風に。縦に細い窓を見れば、外は夏の緑。タブレットを置いて、部屋を出る。

また、ウォールを見上げる。朝の光の中だと、眩しさにじっと沈んでいるようだった。何が書いてあるかは、もちろん今日も分からない。いつか、分かる時が来るだろうか。

そう思いながら階段教室に入ると、昨日とは異なり、規則正しく座ることが求められた。決められた座席に着くと、どうやらあいうえお順に並べられているようだった。それぞれの目の前には、裏返しになった薄い冊子。教室の左右で、スタッフがいろいろ準備している。

これから三日間のイベントは、サバイバル、グランツール、タッグマッチの三つ。確かにそう説明されていた。が、その名前からは中身を想像しようもない。「名前のジャンルがめちゃくちゃだ」とたまたま真後ろの席になった新開が呟いたのに頷く。

「だいたい数学でサバイバルって意味が分からん」

「数学の国だからな」新開が応える。

「もう呑み込んだのか」

だって、と振り返った栢山を見下ろす。「行けるところまで、どこまでも行くだけだろ」

なるほど、と栢山は前に向きなおる。確かに話が早い。

「気持ちの良い朝で良かった」

口を開いたのは、昨日の壮年の男性、木村だった。今日は昨日よりラフで、ジャケットは着ていない。そのせいか、シャツの下の腹のでっぱりが目立って見えた。なのに、シルクハットは被《かぶ》っている。何がしかのこだわりがあるということだけはよく分かった。

木村は、昨日と同じ軽快な調子のまま、言った。

「風景を楽しめるのは、今日はこれで最後だからな」

ざわり、と笑い声と震え上がる声が上がる。それをバックグラウンドミュージックに、木村は、間違えないようにと手に持つ紙を読み上げ始める。

5問、20分、がワンセット。全問正解者だけが残留。そして、5分の休憩ののち、また5問、20分のラウンドを実施。その繰り返し。全問正解者がいない場合は、最多正解者が残留。

最後の一人になるまで、続ける。

「単純なルールだろ」

読み終え、同意を求めて教室を見上げるも、誰一人からも得られないのを察して、肩をすくめて紙を畳む。外国人みたいだなジェスチャーが、どうでもいいことを栢山が思っていると、昼食の時間は1時間とるからご安心を、と朗らかに木村は笑った。

これか、と栢山は最前列に座っている伊勢原の後頭部を見下ろす。すでに臨戦態勢に入っている。天敵に睨まれたらすぐに逃げ出す準備が整っている小動物のようだった。

手が目の前の冊子をもうめくりかけている。

木村は、雛壇の様子に、準備はできているようだと満足げに目を細めると、「今年の参加者、つまりこの雛壇に座っているのは六十五名」と告げる。

「いつ、終わるだろうな？」

まさかあっさり終わったりしないだろうね、という挑発の言葉でもあることに、雛壇の誰もが気づいた。殺気めいたものを、楽しむ様子全開の木村に送る学生もいた。

「楽しんだもん勝ちだ」

では、行こうか。

木村が、声を低める。振り返り、教卓の上に置かれた大きなデジタル時計に手をかける。そこには、20:00と表示されている。

「第1ラウンド」

静かな教室に、各自が身構える音がさんざめく。

「スタート」

一斉に紙をひっくり返す音が響いた。


かりかりと書く音だけが響く教室を木村は後ろの扉からそっと出る。ウォール前の広間に、今日もTシャツの相馬がいた。今日は、胸のところに「我見るも、我信ぜず」と書かれている。

「カントールが好きなの？」

「あの狂気じみたところがたまんないですよね」

相馬は答えながら、でも、たまたまですよ、別の人のも持ってきてます、と胸を張って答える。そうかい、と言いながら、木村は伸びをする。

「今年はどうですか」相馬が訊ねると、「相馬さんはどう思う？」と木村は伸びをしたまま問い返す。

「生意気そうなのばっかりですね、今年もまた」

「相馬さんもちょっと前はそうだったでしょ」

「そんなことはありません」

「彼らもね、同じように自覚ないと思うよ」

「一緒にしないでくださいよう」

伸びを終えた木村は、今度は腰を回す柔軟を始める。「うらやましがっているんだよ」

「何をですか？」

「数学を学ぶことは不滅の神々に近づくことである」

「プラトン」指を年長者に向けて、それも持ってますけれどすみません今回は持ってきてません、といかにも悔しそうに相馬は応える。

「神は永遠に幾何学する」

「それもプラトン。プラトンラブですか。プラトニックラブですか」

「言い直さなくていいよ、思いついたからって」

「万物の根源は数なり」

「ピタゴラス。いや、そういう遊びでもなくてさ」

「あんなひよっこどもの何がうらやましいんですか」

木村は柔軟を終え体を戻すと、外の光を見遣る。光が、強くなってきた。

ああ、夏だ、と思う。

「数学を信じているところだよ」

相馬は、腕時計をちらりと確認する。「木村さんは信じていないんですか」

「君も信じているだろう？」

「無論です」愚問です、くらいの口調だった。

「そういう風に、純粋に数学を信じている人間は、目の輝きが違う」

「若さの特権ですか」

「年を経ても、そのままでいられる人間も、たまにいるけどね。柊さんみたいに」

「この中から、出てきますかね」相馬は、閉じている両開きの扉を見る。

「それこそ、神様にしか分からない」

「つか、何でこの合宿って、こんな競技みたいなことするんですかね」

「変かな」

「講義とかでもいいのに、わざわざ、とは思いますけどね」

「さあね。夜の数学者に訊きなよ」

「才能ない奴を潰すためとか？」

「そうかもね」

でも、と木村はまた教室に戻ろうと扉に向かう。

「ああいう問いを胸に抱いているなら、大丈夫だと思うけどね」

二人を、無数の数式が見下ろしている。


じゃあなぜ、決闘を受けるんすか？

問題を解きながら、時折、その言葉がちらつくのに五十鈴は気づいていた。

昨夜言われたその言葉が、なぜか頭を離れない。

その場で答えてみせたけれど、でも、自分が納得していないの？

なぜ、数学の問題を時間を競って解かなければならないのか。

数学は、人と人との勝負じゃない。

自分と、数学そのものとの対話だ。

そう信じている。微塵《みじん》も揺るがずに。

時間がかかったって、解けた喜びに変わりはない。その喜びは、誰にだって開かれている。

時間を競って勝負して、それで負けたら、数学に向いていないと烙印《らくいん》が押されるのか。

負けてしまったら数学に向いていないと思い込んで離れていく人を出すのが、正しいことなのか。

そんな馬鹿なことはない。

素数というものを知ったとき、素数がどういう規則で出現するのか誰も知らないということを知ったとき、世界の秘密が目の前にあるのだと感じてときめいた。1から素数を書き出していった。数字が大きくなると、その数字が素数かどうか確かめるのがどんどん大変になる。紙がいくらあっても足りなかった。やがて、メルセンヌ素数の存在を知り、最大の素数が更新されていくことに胸を躍らせ、メルセンヌ素数と完全数の関係を知り、リーマン予想に辿り着き、予想に挑戦してきた人々の歴史と発見を夢中で追いかけた。それは素数の規則という聖域に挑戦する壮大な冒険だった。もちろんすべては理解できなかったし未だできていないけれど、ゼータ関数や、1／2の直線ににじり寄っていく物語は、どんな作り物の物語よりも心を騒がせた。

素数定理の、限りなくシンプルな美しさ。

誰にも分からなかったことがこんなシンプルな式で表現される、という驚き。

それはただの偶然だとは思えなかった。

誰かがそのように作っているからなんだ、としか思えなかった。

誰が？　神様が？

誰だろうと構わない。でも。

私は、それほど美しく作られた世界にいる。

そのことが、いつだって私を打ち震わせる。

その美しさは、人の手の届くところにはない。

ラグランジュの四平方定理も、オイラーの等式も、なぜそうなるかは知らない。

ただ、そうなること、それだけを知っている。

その不思議に触れるだけで、自分のいるところが正しいと感じられる。

それだけでいいのに。

なぜ、数学オリンピックなんてあるんだろう。

私は、何に怒りを感じているんだろう？

じゃあなぜ、決闘を受けるんすか？

目の前のすべての問題を解き終えて、鉛筆を置く。まだ時間は残っていた。

高校までの、与えられた問題を解く数学は、ただのペンキ塗りのようなもの。誰かの用意した壁を塗るだけ。塗る練習をするだけ。

本当の数学は、誰もまだ知らない場所を歩くことだ。その真っ白な美しい風景を、世界で初めて、たった一人、自分が見ることだ。

そう教えてくれた人は、日本にいない。

その風景を求めて遠くへ行った。

限られたルールで優劣をつける数学から、数学の美しさを守るために、戦う？

それは、ただの矛盾だ。

美しくない、と思う。

なぜ、私は数学のように美しくないのだろう。

ブザーが鳴った。

第7ラウンドまで、脱落者なし。

次は面白い問題があるといいな、と三枝は水を飲む。

出題範囲は、代数、組合せ、離散数学、図形、幾何、整数問題、数論、と無差別だった。周囲を見ると、頭の中がぐるぐるとかき回されたように目の焦点が合っていない者もいる。3時間になろうとしているのだから、当然といえば当然。でも、平然と次の問題を待つ者も多い。

第8ラウンドが始まる。

五問ある問題を一通り読む。そのうちひとつが、気にかかる。

すぐには道筋が思いつかない。あまり見たことのない問題形式だった。

長い出題文を二度読んで、意味を理解すると、しばらくその問いが求めることを頭の中で考えた。やがて、場合分けを求めている、ということに気づく。

しかし、そこで思考をいったん止めた。

その解き方は、あまり美しくない。

もう少し美しい解き方があるのではないだろうか。

そう、頭をよぎってしまった。

上半身を、起こす。誰もが下を向いて手を止め、あるいは手を動かしている。顔を左に向けると、外には夏の昼が広がっていた。何をよそ見しているんだ、という表情でこちらを見ているスタッフがいて、ちょっと可笑しい。

おそらく20分では無理だろうな。

どうしようかな、と一瞬考えてみたけれど、すでに答えは決まっていた。

三枝は、その長文問題の解法を考えることにする。

時間を決められて考えるよりも、こんな風に面白そうなことが見つかったら、それをずっと考え続けるのが好きだった。

数学の醍醐味《だいごみ》ってそこにあるんじゃないか、と思う。

ひとつの問いをじっくり考える。答えを見つけることが重要というよりも、どういう風に解くかとか、どうしてこういう問題になっているのかとか、どうしてこういう数字が設定されているのかとか、自分の想像や閃きの赴くままに考える時間こそが、時間にも何にも束縛を受けず夢想する時間こそが、自分にとっては、数学だった。

与えられた骨を飽くことなく齧《かじ》ったりしゃぶったりしている犬みたいだよな、と飼っている秋田犬をいつも思い出す。

新しい考え方を自分で発見すること。既に見つかっていることを自分で見つけること。

神様からの直通電話がかかってくる瞬間を、味わうこと。
その瞬間にこそ、数学の美しさがある。
アインシュタインは空間こそ湾曲しているなんて途方もないことを、数学から導いた。
クォークという極小の存在は、数学の群論から予測された。
数学は神様の作った言語だから。
ブザーが鳴る。
三枝は、初めての脱落者の一人になる。
立ち上がって、階段教室を出ていく。
もう問題は覚えている。
どこか静かなところで続きを考えよう、と三枝は散策する。

人が減り始める。毎ラウンド脱落者が出るようになる。
午前最後のラウンドが終わり、昼食となる。まだ、残っている者の方が多い。栢山は食堂でカレーをかっ込むと、頭の中を空っぽにしながら周りを見回す。疲れを見せつつも笑いながらカレーを口に運んでいる面々を見て、ああ、同じことを楽しいと思う人たちに囲まれているんだな、と思う。自分と同じもので盛り上がる人なんていないと思っていたことに、初めて気づいたくらいだった。早々に食べ終えた人間は、しかし死屍《しし》累々《るいるい》だった。食堂のテーブルに突っ伏している奴、ソファ席に横たわっている奴、また食堂の隅でバナナを頬張っている伊勢原。幾つ食べるんだよ、と口にする余力ももったいないので、野生の小動物を観察するように、頬を膨らませて咀嚼《そしゃく》する彼女を眺めている。さすがの計画的栄養補給のおかげか、彼女もまだ残っていた。

「思うんだけど」栢山は口を開く。

「おう」新開が応える。

「行けるところまで、どこまでも行ったらさ」

「おう」

「何があるんだろうな、そこに」

「決まってるだろ」

「決まってるのか」

「知らないのか」

「教えてください」

「お前は、数学の問題の答えを人に聞いて満足できるか」

「できません。先生」

「自分で確かめるもんだぞ、青年」

「先生、俺、目が醒めました」

三ツ矢サイダーの炭酸で脳を起こしながら、栢山は新開と頭を使わない会話をする。栢山も新開もまだ残っていた。新開がぐったりとしている横を、オイラー倶楽部の集団が通り抜けて行った。もちろん、全員残っている。庭瀬が、栢山の方に例の童顔の笑みを向ける。

夏の昼下がりの、食堂は静かに過ぎていく。

教室に戻る途中、木陰が斑《まだら》模様を描いているテーブルで、一人座っている人がいた。多くが教室へと向かう中、その流れとは関係ない時間の中に、彼はいた。

三枝は、栢山の視線に気づくと、緑陰の中、穏やかな顔で小さく手を上げて応えた。頑張って、というエールだったのかもしれない。

まるで数学者のようだった。

あるいは、数学好きの少年のようだった。

午後に入る。昼休みに休んだとはいえ、この時間帯が鬼門でもある。

残っているのは、まだ四十人近く。

相馬の掛け声で、第10ラウンドが始まる。

問題の難度が明らかに上がり始める。

脱落者は今までより多く出て、櫛の歯が欠けるように席を立つ。教室を出て行く人間もいれば、教室の空いている後方の席に座り、行方を観戦する人間もいる。ラウンドが終わって採点に入り、誰が残り誰が抜けるかが分かるたびに、ひそひそとトトカルチョでもやっているみたいに会話している。戦場にいる手前の一群と対照的に、後方のやじ馬の方が晴れ晴れとした顔をしているのが教壇からだとありありと見渡せて、Tシャツをぱたぱたさせながら相馬はほくそ笑む。

第11ラウンド、三名脱落。

未だ、全問正解でなければクリアできない。一問でも間違えると、脱落する。

例年よりレベルが高いのかも、と木村は椅子で団扇《うちわ》を扇《あお》ぎながら眺めている。

第12ラウンド。

午後に入って、上を向いていないと溺《おぼ》れ死んでしまうようなぎりぎりの状況だった新開は、問題を開き、並んでいる五つの問題を検分する。

ここで溺れるのか？　と頭をよぎる。

そのうちの一問が、手が出なさそうな直感がした。

他の問題を先に片づける。比較的やさしいもの、これは難しいかと思ったが解法の手だてを思いついて消化できたもの。自分の鉛筆はまだ止まっていない、と自分自身を鼓舞する。だが、これらの問題は他の面子《メンツ》もおそらく解けるだろう、とも冷静に判断していた。

案の定、例の一問が残る。シンプルな幾何問題だった。が、シンプルなだけに手が出しづらい。これは思考が堂々巡りするかもしれない、と案じた通り、手掛かりのないままバターになりそうなほど同じところをぐるぐると何周かする。幾何ではなく、代数的に処理する問題なのか、と別のアプローチを思いつくが、それも自分では具体化できそうになかった。自分が知らない定理か法則でも援用するのだろうか。

解けない問題に出会うたびに、思う。

なぜ、自分はこんな問題も解けないのか。

——行けるところまで、どこまでも。

それは、自分に言い聞かせている言葉だった。数学を始めた頃は、解けない問題もどう解くのか理解すれば、やがて解けるようになった。でも進むにつれ、解けない問題を解けるようになるのが少しずつ難しくなった。ある程度まで登ってきたからこそ、数学の高さというものが、次第に自分には越えがたいものに見えてくる。目の前にある勾配《こうばい》が、乗り越えがたいものに見えることもある。

それさえも、乗り越えられる人間がいる。

今、自分の周りにいる奴らのように。

励みとしながら、同時にそれは重圧にもなっていく。

才能、という奴か。
才能という言葉は嫌いだった。
なんて胡散臭い、ムカつく言葉だろう、と思う。
しかし、第12ラウンドのブザーは鳴り、新開は席を立つ。
見れば、栢山は残っていた。上気した顔で目を瞬かせていた。
解けたのか。ちくしょう、と心の中で呟き、教室の両開きの扉から外に出る。
――行けるところまで、どこまでも。
もう一度、心の中で言い聞かせながら。
外の広間は、涼しかった。

第13ラウンド。確率問題にひっかかり、脱落者が出る。
第14ラウンド。
残ったのは、二十人を切った。しかし、面子を見回せば。
長丁場になりそうか、と庭瀬は状況を確認する。
第15ラウンド。
入ってくる西日と熱気で教室は、暑い。
問題を開く、読む。道筋を頭の中でいくつか検討する。すぐに決まる。

あとは、計算をしていく。過程を省略しながら、先へ先へとシャープペンを走らせる。

なぜ、こんなに多くの人間が、こんな役にも立たないことに熱中しているんだろう。

たくさんの鉛筆が滑る音を聞いていたらふと浮かんで、少し笑う。

自分の答えは、決まっている。

得意だから。ただそれだけ。

サッカーが得意だったなら、サッカーをしていた。

この世界は、結局のところ競争でできている。それこそ友人づきあいも、恋愛だって、他ではなく自分が選ばれるという意味では、競争だ。競争で、クラスも家族も社会も回っている。否定するのは自由だけど、それは嘘だ。

第16ラウンド、17ラウンド。

残りは一桁になった。

ラウンドの合間に振り返れば、皇は当たり前のように座っていた。確認するまでもない、とその姿は告げてくるようにさえ見えた。

第18ラウンド。

別に数学が好きだったわけじゃない。

ただ、得意だっただけ。

自分が何の苦もなく考えつくことを、誰もが同じようにできるとは限らないと気づいたとき、とても驚いた。二桁の数字同士の掛け算を暗算できることが自分以外にとっては当たり前ではないと知って、本気でびっくりした。周りに比べて自分がこういうことを得意なのだという自己認識に至るまでに、時間はかからなかった。

望んだわけでもない。でも、そうだった。

だったら、そこに自分の持てる力や時間を注ぎ込む。

ここにいる誰よりも上に行く。シンプルだ。そのために何をすればいいか考えるのは心躍る。行けないとは思わない。自分を信頼しているから。

天才と呼ばれた数学者にだって、征服欲はきっとあったはず。

数学を面白いと思ったことはあまりない。

でも、数学の問題を解けるのは面白い。学べば学ぶほど解ける領域が増えていくのも、面白い。問題へのアプローチが自然と幾通りも浮かぶようになっていく。頭の中でいくつか試して、どれが正しいのかまで見えるようになっていく。

武器の使い方を覚えて、意のままに使えるようになる上達感、それと全能感。

その爽快感《そうかいかん》に加えて、勝利の感覚。

それが自分の求めるものだと、知っている。

第19ラウンド。

夕日が差し込んでいた。

窓の外には、暑かった夏の一日の締めくくりが広がっている。

階段教室の蛍光灯が煌々《こうこう》としている。

三ツ矢サイダーを飲み干して、栢山は辺りを見る。

残っているのは、六名。

皇、庭瀬、あと二人の男子は、いつも彼らと一緒につるんでいるからオイラー倶楽部だろう。そして、五十鈴。そこに自分もいる。

残っているんだな、俺、と湧き上がるげっぷを我慢した。

どうして残れたんだろう、と不思議な心持がした。

問題を解き続けて呆けたようになっている自分の頭は、次のラウンドをただ待っている。

周りに五人しかいない教室、どうしてこんなところにいるのかよく分からない。

どこにいるんだろう。俺。

はは、と自分の中の誰かが笑う。

数学を始めてから、そんなことを思ってばかりな気がする。

何度思うんだろう。

初めての景色を見るたびに、思うんだろう。

九十九書房で十河に会ったとき。
あるいは、合宿の招待状を見たとき。
初めての景色が見られるかもしれないと、自分の鼓動を感じた。
そうか。初めての景色が見たくて、数学をやっているのかもしれない。
でも、初めての景色は、少し怖い。
こうしていると、重力がなくなったように身の置き所のなさを感じる。
身体が浮いているようだ。
「山を登っているときに、なぜ山に登るのか、なんて考えないんだ」
ああ、次が始まる。
問題が書かれている紙を前にすると、なぜか落ち着く。
ここだけは、いつだって、どこでだって、変わらない。
昔だろうが、今だろうが。
日本だろうが、地球の反対だろうが。
早く、鳴れ。
早く、始まれ。

第20ラウンドが終わる。

2ラウンド連続で、脱落者なし。

六人は、顔色一つ変えずに残り続けている。相馬のいる教壇からあれだけ狭く見えていた教室も、ぽつぽつと飛び石のように人がいるだけになって、ずいぶん広く見える。かえって、上段の脱落者のゾーンの人口密度が上がっていた。外に出ていた連中も、決着が近いと知って戻ってきている。

日はもうとっくに沈んだ。夕食は、と言い出す者もいない。言い出せるはずもない。この教室に足を踏み入れれば。

六人は一言も話さない。

「第21ラウンド」

Tシャツの相馬は、感情を消した声で宣言する。自分の声に、少し驚く。なぜ、こんな真剣な声を？　この六人に出させられているのか。生意気な奴ら。

私も、そちらにいられたらいいのに。何でこんなところに立ってなきゃいけないんだ。

こんな役目をしていなきゃいけないんだ。

そんな内心はおくびにも出さず、声を張る。

「始め」

問題用紙がめくられる音がする。しばらく静寂に包まれる。やがて、鉛筆を走らせる音がし始める。書き始めるのが一番早いのは、いつも、庭瀬。何かに急かされているように。問題用紙に覆いかぶさるように、走り出す。彼にはおそらく迷いがない。やれば分かる、という自分への信頼が伝わってくる。そして時折、ちらりと、よそ見していれば気づかぬほどの瞬間、辺りを、他のプレイヤーの様子を窺うことがあるのに、相馬は気づいている。

皇、五十鈴、弓削《ゆげ》は、淡々としている。何を考えているか分からない。高速で回転する独楽《こま》のように、焦りも揺らぎも、微塵も見えない。手を動かすのも、あくまで静かだ。が、よく見れば、鉛筆の運びは違う。五十鈴は閃きが訪れた瞬間に素早くそれを書き留めるように俊敏、才能の煌《きら》めきがそのまま現れるような書きっぷりで、豹《ひょう》みたいだな、と連想した。弓削は逆に、マラソン選手のように淡々と持続的。皇は、書き始めたら最後まで書き切り、そしてまた止まる。まるでもう辿り着いた答えをただ文字にしているだけ、という風に。彼らのそれぞれの静かさには、集中力が高いということはもちろんあるけれど、そうしなければならないから、という矜持《きょうじ》のようなものも見え隠れする。相馬はそう感じた。彼らにはきっとそれぞれに美学があるのだろう。こうあらねばならない、という数学に対する美学が。生意気にも。それが自覚的にか本人にさえ気づかぬうちにか、筆運びにも現れている。筆運びはその人の数学が運動するリズムだ、そう勝手に思っている。

美作《みまさか》は、庭瀬とは違う意味で落ち着きがない。彼はなかなか手を動かさない。その代わり、表情がくるくる変わる。あっちを見たりこっちを見たり、眉を顰《しか》めたり、口元を歪めたり、頭の中が動いていることが如実に挙動に現れる。イメージ力がすぐれているのだろう、と相馬は想像した。おそらく集中力よりイメージ力が勝っていて、奔放に湧き上がるイメージに翻弄されるタイプかもしれない。たぶん、自分と同じタイプだ。

残る一人を見る。栢山は、ただただ鉛筆を動かしている。規則的でもない。止まったり、動いたり、リズムも決まっていない。そんなことを意識してなどいないようだった。特に目立った特徴もなく、見ていて面白いわけでもない。むしろ、つまんねえな、あいつ、と相馬は思っていた。が、ついさっき、具体的にはほんの1ラウンド前にふいに気づいたことが一つあった。

普通、問題を解いている間ずっと鉛筆を握ったままでいるかというと、そうではない。意識しているしていないにかかわらず、くるりと無意識に回してみたり、あるいは一度手放して置いてみたり、額にあててみたりしている。誰だって。ところが、栢山は問題を解いている最中、決して鉛筆を手放さない。ずっと握って、紙にいつでも書ける状態で持ち続けている。たとえ、しばらく書かずに止まっていたとしても。

まるで、それを手放してはいけないと思っているかのように。

手放したら何かが終わってしまうとでも思っているようだ、と相馬はそれに気づいてから栢山を少し注目して見ている。かといって、焦った様子も、追い立てられる様子もない。あまりに自然すぎて、今まで気づかなかったのだ。

こうして見る立場になって、初めて分かることもあるんだな、と相馬は思う。

数学を解いているときの人間というのは、こういう風に見えるのか。

それぞれに違いはあれど。

第21ラウンドが終わる。脱落者なし。

第22ラウンドが始まる。

消耗してきている。六人が、ではない。周りが。

だらしない奴らだ、と思いながら、確かにやってる方が楽だよな、と相馬は首を回す。

どういう形で決着がつくんだろう。

才能、って何なのか。自分自身に今まで何度も問いかけてきた問いが、また浮かんだ。

少し前のラウンドからもう一段難度の上がった問題を解き続けられる六人の実力は、相応の水準にあると証明されている。

ここから先、では、何で差がつくというのだろう。

愛しているというだけで残れるほど、数学は優しくない。

誰より愛していたとしても、愛し返してくれるわけではない。

ここで差がつくとするなら、何がそれを分かつというのだろう。

それが、才能なのか。

あるいは、努力か。

ここまで来た彼らに、それが足りないとは思えない。

努力をしていない人間など、いるはずもない。

では、ならば。

その僅かな差とは、いったい何なのか。

相馬は知りたかった。自分自身のために。

研究が行き詰まり、どうしていいのか分からなくなっていた時に、この合宿のボランティアの誘いが来た。ずっと続けてきた数学を、見るのが嫌になるという生まれて初めてのことに戸惑っている時期だった。数学しかやってこなかったから、ずっと数学をやっていくと思っていたから、それ以外のことなど何も分からなかった。分からない自分に気づいた。そして、ふと怖くなった。自分はずっと数学をするわけではないのかもしれない、と。いずれ数学の第一線にいられなくなる時が必ず来るという当たり前のことに、初めて気づいた。その時、私はどうすればいいのだろう。何をすればいいのだろう。数学教室でも開いて、子供に教えるのか。相馬は首を振る。そんなことを自分がしていると考えるのは、今はまだ耐えられない。そんな想像が頭を巡っていた時だったから、息抜きになるかもしれないと、合宿ボランティアに参加した。何か、自分が欲しかった答えが、その切れ端が、今目の前にあるのかもしれない、そんな予感がふいにした。

目を瞑《つむ》る。もし、この中で残るとしたら、誰だと思う？

自分に問う。浮かんだのは、二人の姿だった。皇と、五十鈴、その毅然《きぜん》とした姿。

目を開けて、時計を見る。

第22ラウンドが終わる。

大きなどよめきが起こる。

全問正解は、なし。4問正解が、二人。

四人が、席を立った。

庭瀬は苛立《いらだ》ちを隠さず、五十鈴は自分を許せないように、しかし静かに。弓削は深呼吸を一つして、美作は頭をかきながら苦笑いをしていた。

座っていたのは、皇と、栢山だった。

皇は表情一つ変えず、ペットボトルの水を一口含んでいた。

栢山は呆けたように、真っ暗になった窓の外を見ていた。いや、ガラスに映った自分の姿を見ているのかもしれない。

栢山か。自分の予想が半分外れたことに驚きながら、それはすぐに未知の謎となった。なぜ、栢山が残ったんだろう。

たまたまか。そう言ってしまえばそれまでだ。体調が少し悪かった。ノッていなかった。食べ過ぎて頭が働かなかった。エネルギーが切れた。不得手なタイプの問題があった。

理由はいくらでもつけられるし、実際に、理由はそうしたことなのかもしれない。

でも。

たった二人の前に、問題用紙が置かれた。

相馬は、二人を確認する。

「第23ラウンド」

「始め」

二人の戦いを、教室の上で多くの同世代が見ていた。黙り込んでいた。たまに囁きあう者もいた。どちらが勝つか、と話しているのか。

なぜ、栢山が残ったのだろう。

目立ったところはない。むしろ、しばらく前に落ちていてもおかしくない、とさえ思っていた。なぜ、そう思っていたのだろう。彼には、覇気がない。煌めきもない。そういうこちらの目を、心を、惹きつけるものがない。どこから見ても、普通に見える。だからだ。しかし、と考え直す。他の奴らに比べて、彼にはそういうものがなさすぎる、とも思えてくる。ただ、鉛筆を決して放さないだけ。

やっぱり、そこなのか。それは、どういうことなのか。

わずかな差、それは。

己の矜持もなく。

他より秀でることも思わず。

ただ無心であること。

先の休憩の、呆けたような栢山の顔を思い出す。

問題に向かい、鉛筆を放さず、ただ向かい続ける。

それが、わずかな差、なのか。

気づきは、閃光《せんこう》のように相馬自身を刺した。

いつから、私は余計なことを考えるようになったのか、と。木村が昼前に話していた、目の輝き。あれは、本当にまだ私に残っているのだろうか。いつの間にか、ひどく自分が濁ってしまっていたことを今まで知らなかったのか。

ただ無心であること。

そんな、と相馬は人知れず唇を噛む。

そんな、苦しいこと。

目を細める。いつから、それを苦しいと思うようになったのだろう。

栢山を見る。今日一日さんざん見ていたのに、まるで違う人物に見えた。

あれは、始まりの輝き。

自分もかつて持っていた輝き。

まだ自分のどこかにあると信じたい輝き。

第23ラウンドが終わる。

だが。

それでも。

それさえも蹴散らして。

最後に座っていたのは、皇だった。


夕食のビュッフェが終わって皆引きあげ始めると、横に誰か立つ気配がして、見れば伊勢原だった。

「好きな数字は?」

質問が唐突でよく分からなかったが、栢山は考えて、やはりバナナを手にしている彼女に答える。

「1729、かな」

「ラマヌジャン数か」彼女は頷く。あるとき、インド人の天才数学者ラマヌジャンは、彼を見染めた先輩数学者ハーディから、タクシーのナンバーを聞かされる。つまらない数字だったというハーディに、ラマヌジャンはその数字を聞いた瞬間に「二通りの、三乗の和に分割できる最小の数字だ」と言い放ったという。つまり、12^3+1^3と10^3+9^3

の二通り。

「でも、91が最小だよ」彼女はこともなげに言う。

「マイナスを使えば」

応えて、栢山は頭の中で思い出す。4^3+3^3と$6^3+(-5)^3$か。

「あたし、人をその人の好きな数字と一緒に覚えるんだ」

「そうなんだ」栢山もしばしば考える。彼女も、一度見た数を覚えられるのだろうか。訊いてみたいと思ったが、なぜか違うことを口にしていた。「伊勢原さんの好きな数字は？」

「1から8までを一度ずつ使う八桁の平方数のうち、一番小さいのは？」

瞬時に、考えていた。パブロフの犬みたいだ、と自分が可笑しい。

「13527684」$13527684=3678^2$

「一番大きいのは？」

「81432576」$81432576=9024^2$

「じゃあ、1から9までを一度ずつ使う九桁の平方数のうち、一番小さいのは？」

「139854276」$139854276=11826^2$ 一度考えたことのある数字は、忘れない。

「1から9までを一度ずつ使って、$A=B^2$の形を作れる？」

それは知らない。「というか、好きな数字はどれ？」

「45だよ」

今までの問題はなんだったんだ。「なぜ、45?」

「私の誕生日で、カプレカ数だから」

なるほど。伊勢原は自分の誕生日がそういう数字であることを気に入っているのだろうな、と思った。

「最後の問題の、答え見た?」

「見た。あれは、20分じゃ無理だと思った」

「一時間あれば、解けてた」ありえた未来を見るような伊勢原の目は力に満ちていて、そのままスリッパの音をさせて歩き去っていった。

部屋に戻って、タブレットを確認したところまでは覚えていた。王子の野球部が、地方大会の準決勝に勝ち、決勝に進んでいた。

ところが、気がついてみると部屋は真っ暗で、隣から新開の寝息が聞こえた。時計を確認すれば日付が変わる直前で、いかんと寝起きの重たい身体を起こす。

昨日も思ったがなぜ大学に風呂があるんだとまた思いながら、脱衣場の英語看板に外国から人が来たとき泊まれるようにか、と推察する。そういう機会があるのか。学会、とかいうやつかな。入浴時間ぎりぎりの風呂は誰もいなかった。慌てて入浴して出ると、自分の足音だけが響く灯りが少なくなった棟内を歩いていく。人影のない広い場所は、宇宙船のようだった。人が絶えたように静かだった。

「まだ起きているんだ」

反響して、まるで巨人のような声に振り返る。

皇が散歩の途中のように近づいてくるところだった。

ウォールの前のベンチで涼んでいた栢山は、ちょっとだけ姿勢を正す。

「飯食べたらいつの間にか寝てて、さっき風呂に」

ああ、と得心するように頷きながら、立ったままウォールを見上げる。

しばらくそのまま会話もなかった。

一面の壁面は、見渡す限りびっしりと数式で埋まっている。

「ウォールが気に入った？」皇がぽつりと言う。

栢山は、自分が思っていたことをその質問に掘り当てられたように口にする。「どれくらいの時間、考え続けたんだろうな、と」

「とても長い時間、だろうね」皇は何でもないことのように答えた。「答えがあるかどうかも分からず、終わるかどうかも分からず。とても長い時間」

当たり前のような口ぶりだった。まるでその心構えは自分にもできているみたいに。

少し離れたところで立つ姿は、昼間あれほどのことをしたのに、何事もなかったみたいに見えた。

ずっと問題に向かい続けることができる。才能が何かは分からないけれど、栢山が思うそれに一番近いのは、そのことかもしれない、とふと頭をよぎる。

「皇さんは、なぜ数学をしているんですか」

「数学がいいのは、なぜ、と問わないところにある」皇はポケットに手を入れたままだ。

「どうなっているかを探求する。どうしてそうなっているか、は問わない。そうなっているなら、そうなっている。それだけ。そこがいい」

君は京さんに会ったことがあるんだってね、と皇が続けたので、栢山は首肯して、皇さんもあるんですよね、と訊ね返す。

「彼女はすごいよ」と悔しくもなさそうに呟く。

「数学オリンピックで一緒になってるんですよね、きっと」

「毎回驚かされる、っていうか、すごいな、って呆気《あっけ》に取られるよ」

ははは、と笑う皇に、栢山は訊きたかった。

「それでも、数学を続けるんですね」

皇は答えない。

栢山は気づく。この人は、いついかなるときも、力が入っていない。力むことがない。おそらく、ずっと芯《しん》の部分で揺るぎないものがあるからではないか、と。それが何か、知りたかった。

「君は？」皇が、言った。「京さんと決闘することになったら、どうする？」

「やりますよ」

「負けると分かっていても？」そう訊ねた口調に、悪意は感じられなかった。ただ事実を確認しているだけのようだった。

「負けると分かっていたら、なおさら行きます」

栢山は答えて、ウォールを見上げる。そうか、と皇は言った。

「あの人が言ったんです」

「京さんが？　何て？」

「なぜ数学をするのか、って」

「へえ。そうか」何か考えるような口調だった。しばらく二人で、無人の棟にいたが、皇が踵を返して歩き出す。宿泊棟ではない方向だった。

「寝ないんすか」

宵っ張りなんだよね、と皇は軽く返す。「歩きながら考えるんだ」

「何をすか」

「京の数列でも考えようかな」

「皇さん」

そう呼びかけると、皇は足を止めて、振り返る。

「好きな数字はなんですか?」

一瞬考えるそぶりを見せたが、秘密にすると決めたらしく、軽く手を上げて、遠ざかっていった。


「ギリシアの三大難問を知っているか?」

翌朝、階段教室。木村はそう言うと、ホワイトボードにあらかじめ書いておいた文章を掲げた。

以下を、目盛りのない定規とコンパスのみ使って作図せよ。
問題1:あたえられた立方体の体積の、2倍の体積を有する立方体を作れ。
問題2:任意にあたえられた角を、3等分せよ。
問題3:あたえられた円と、等しい面積を有する正方形をつくれ。

「それぞれ立方体倍積問題、角の三等分問題、円積問題と言われている。今日は、諸君にぜひこれに挑戦してほしいと思っているのだが」

「全部作図不可能と証明されています」誰かが、手を上げて言った。

そりゃ知ってるよな、と木村はほくそ笑む。「これらはいずれも、約二千年の後、作図不可能であると代数的に証明された。その証明も非常に面白いのでひとしきり話したいところだが、今日は別の三つの問題を用意した」

　それを、四人一組のチームで解いてもらう。木村が宣言する。

「二種目め、グランツールだ。どこかのチームが三問すべて解けたら、終了。制限時間は」そこで、一度言葉を切った。「明日の朝十時に最後の種目を始める、その瞬間まで」

　期待通りのどよめきが階段教室に起きた。ついに徹夜か、と勘のいい人間は察して机に突っ伏す。

　順番に、階段を降りてゆき、くじを引く。

　栢山が、引いた9という数字の集まりに行くと、そこには。

　伊勢原と、双子女子の三つ編みの方と。

　皇が、昨日と全く同じ服でそこにいた。

　今日も暑くなることを予告する芝生の道を、チームごとに歩いてゆく。

　伊勢原が芝生を歩きながら、またバナナを食べていた。夏の陽射しの下で見るその姿は、大変健康的に見えた。バナナ好きなの、と訊くと、くわえたまま小首をかしげた。どうだろう、という顔だった。どうだろうって、どういうことだ。

　双子女子の名前は高梨《たかなし》さんだと、伊勢原に教えてもらった。双子だから当然、二人とも高梨らしい。下の名は知らないとのこと。三日目に知るっていうのはどうだろう、という顔で見られた。同感ではあった。あったが、下の名を知らずにこの合宿中、どう呼び分けていたのか、呼び分けられていたのか、という点には異議を申し立てたいところではあった。当の高梨はといえば、同じチームになってまた初日のように睨まれるのかと思いきや、皇と同じチームになったことで頭がいっぱいで恍惚《こうこつ》の様子だった。

芝生の向こうに、綺麗な直方体の棟が見えてきた。近づくと、思った以上に巨大な棟だった。四階建てくらいの高さがあったが、ロールケーキを入れる箱のように横長で、正面が一面ガラス張りで中が一望できた。

ガラスから中を覗くと、箱の中には巨大な吹き抜け空間があり、奥に二階、三階、四階のフロアが奥の壁からせり出す形で存在していて、正面から見ると宙に浮く形ですべてが見渡せた。端のドアから中に入れば、巨大なコンクリートの柱が高い天井まで等間隔で直立しており、神殿か都市の巨大地下空間を思わせた。どの階層のフロアにも、学習スペースとして白い長方形のテーブルが等間隔に置かれており、さらに奥の壁際一帯は書棚の森になっていた。ふと見上げると、屋根に相当する天井一面、深い青色で、そこから大小さまざまな照明が垂れ下がっていたが、その高さがまちまちで、てんでばらばらだった。まるで頭上の空間に無数の照明が浮遊しているようだった。

「銀河棟って、ここでは呼ばれているみたいよ」隣でTシャツの相馬が同じく見上げていた。今日のTシャツには、「宇宙は数学という言語で書かれている」とあった。

「銀河棟？」

「グーテンベルクの銀河系と、かけてるつもりかな」

栢山の知らない単語を口にして、一人得心している様子だった。午前なので必要最小限の照明だけが灯《とも》っている。夜になると、どうなるのだろうか。

銀河棟の一階には、ひとつのチームにひとつずつ、テーブルがあてがわれていた。9のテーブルに行くと。

真新しい紙が、中央に三枚、置かれている。

四人が、それを囲むように覗き込む。

一読して、あまりに情報が少ない問題。

問題文自体はシンプル極まりない問題。

あるゲームのルールが記述されている問題。

三つの問題、その文章を、競うように読む。

そうして、不眠の一日は始まった。

まずは手分けして、それぞれの問題の担当を決め30分と時間を区切って個別に考えることになった。30分経ったら、それぞれが違う問題に30分取り組む。そして、また30分、手をつけていない問題に向かい合う。

昼になり、全員がすべての問題に向き合った感触と、考えたことを、食堂に場所を移して昼食を取りながら話す。だいたい同じ感想を持っていることが分かる。ただ、それぞれが行なってみたアプローチが少しずつ違っているところもあり、つき合わせていくとどの方向に進めばいいのか、なんとなく見えてくる問題もあった。

昼食後、また銀河棟に戻る。芝生が、熱い。目を開けていられない。

銀河棟は、人が減っていた。チームごとに、キャンパスの思い思いの場所に散らばっているようだった。

午後は一問ずつ全員で当たろう、ということになり、どの問題からやるべきか、という話になった。栢山は頭の中で、三問に取り組んだ感触を思い出す。チョコレートの問題、テストの問題、そして平方数の問題。最後の問題だけが、他とは違う異常な感触がした、と思い返す。

沈黙を破って口を開いたのは、皇だった。

「まずチョコレートの問題を片づけようか」

2人が、6×10の長方形をした、60片からなる板チョコでゲームをする。最初のプレイヤーは板チョコを溝に沿って2つに折り、折りとった片一方を食べる。つぎに2番目のプレイヤーが残りの部分の一部を折りとって食べる。1個の断片が残されるまでこのゲームは続く。たった1個の断片を他方に残した人（すなわち、最後に手を指す人）が勝者である。完全な必勝法を持つのはどちらのプレイヤーか？


「このゲーム、口の中が甘々になりそう」高梨が眼鏡を押し上げながら呟く。まんざら嫌でもなさそうだ。試しに栢山と伊勢原が実際にやってみる。「つまり、自分が1×Nの状態を手にすれば勝てるよね」

「そうなるね」と皇。

「てことは、相手が1×Nをつくらざるを得ないようにすればいい」

「かといって、2×Nの状態で渡したら、Nの方を割るよね」

伊勢原が、午前に書いていたという紙を見せてくる。そこでは、問題をベクトル表記に変えていた。(6, 10) の地点に初期存在し、チョコを割って小さくするというのはたとえば (4, 10) に移動する、ということになる。そう書き換えると、(1, 1) に到達した人間が勝ち、というゲームに表現しなおせる。

「ああ、そうそう、一回の操作で、どちらか一方の数字しか動かない、ってことなんだよね」と高梨が、だから要はさ、と別の定式化をする。ふたつのコインの山があって、ひとつは6枚、ひとつは10枚積まれている。1回でどちらかの山から、何枚でもコインを取れる。最後に、両方の山を1枚にした方が勝ち。

なるほど、と栢山は感心する。問題をそのままの形で考えることが多い自分にとって、別の形に表現しなおす、というのはとても新鮮だった。

ニムよね、と高梨が言うと皇が微笑む。ニム？　と栢山は眉をひそめる。せっかくだからやってみようか、と皇が呟き、「2×2の板チョコだとどうなるだろう」と発案する。

「先攻は、1×2か2×1にしかできないね。後攻が、必ず1×1にできるから、後攻の必勝」高梨が答えた。三つ編みが揺れている。

「じゃあ、2×3は？」

「先攻は……」伊勢原が分岐図を描く。「1×3、2×2、2×1。切り取り線は三本だから、3パターン。で」

「1×3と2×1は、後攻の次の手で終わり」高梨が続ける。「2×2は、逆に後攻が割って、また先攻が割って、先攻の勝ち」

「って、ことは、2×3だと、先攻が必勝」

「3×3は？」

「切り取り線が4本だから、先攻は4パターン。1×3、2×3、3×2、3×1。対称だから前の2パターンを考えればいい。1×3は先攻が負けるからできないね」

「つまり3×3は、先攻2×3、後攻2×2、先攻2×1、後攻1×1、で後攻の必勝」

「2×2は後攻、2×3は先攻、3×3は後攻、の必勝」栢山は自分の頭を整理して言う。

「法則があるね」

「3×4は？」

「このまま6×10まで行くつもり？」

「先攻は、1×4、2×4、3×3、3×2、3×1。最初と最後にすれば先攻は負ける。3×2も、後攻が必勝。3×3だと後攻2×3、先攻2×2、後攻2×1、先攻1×1、で先攻の必勝。2×4は、後攻は1×4、2×3、2×2、2×1。1×4か2×1を選んだら後攻は負けるから、2×3か2×2。2×3にすると、先攻が勝っちゃう。2×2にすれば、後攻は必勝。2×3なら、先攻が必勝」系統樹を白紙にどんどん書きながら、栢山は一瞬うんざりする。「場合が多くなってきたなあ」

　飛躍的に枝分かれし始めた系統樹に、全員が顔を上げる。

「先攻の立場にたてば、3×4なら、最初に3×3にすれば必ず勝てる。それ以外は、必敗だね」皇が言った。

「自分の番になったとき、2×2、3×3だったら必ず負ける」栢山が見返しながら言う。「だから、相手に2×2、3×3を渡せば、勝てる」

「じゃあ、2×N、3×Nが自分にきたら、勝てる」伊勢原が続く。

「それで自分が正方形を相手に渡せば、勝てる」高梨が宣言する。

「じゃあ、6×10の場合は」栢山が言うと、伊勢原が続ける。

「先攻が、6×6にすれば、先攻が必勝できる?」

「やってみよう」皇が言い、コンビを作って何度か対戦を重ねてみる。初手で6×6を相手に渡し、それ以降もずっと先攻は正方形を作っていけば勝てる、ということが判明する。

「8×13とかでも?」伊勢原に誘われて、拡張して試してみる。

自分が正方形を相手に渡せば、勝てる。

それが必勝パターンであることが、実感できた。

「だから、問題の答えは、先攻が必勝」伊勢原が言った。さっきまでの集中もどこへ、何かもぞもぞしている。

おやつの時間になっていた。

A、B、Cの3人は同じ一連の試験を受けた。各試験では、x点がひとつ、y点がひとつ、z点がひとつあった。ここで、x、y、zは異なる正の整数である。

すべての試験の後、総得点はAが20点、Bが10点、Cが9点だった。もしBが代数で一番であったなら、誰が幾何で2番だったか？


次はテストの問題、という流れに自然となった。

「一連の試験、って試験何回やったんだろう」栢山がポテチをつまみながら言う。

「数学の試験だったんだよね」高梨もポテチを口に入れると、シャツの端で指を拭く。

ポテチは、伊勢原の私物だった。そして伊勢原は、しばし無言のおやつタイムに入っていた。

皇が、無言で式を書いた。

$$N(x+y+z)=39$$

「39？」と栢山が呟き、「ああ、そうか」とすぐに得心する。「Nが、試験の回数すね」

とさらに言い、「じゃあ、$x+y+z$は13なんだ」

「39という可能性は？」

「でも、代数と幾何がある時点で試験回数、つまりNは2以上だから、それはない」

「Nが13だと$x+y+z$は3になるから、それも成り立たない、と」

「試験は3回、一回の試験の三人の点数の和は13、と」高梨がクッキーを食べながらまとめる。クッキーは、高梨の持ち込みだった。おやつって、皆持ってきているものなのか。女子特有なのか。

「$x > y > z$で考えようか」皇が言う。

「zは3以下だ」栢山は呟く。

「なんで?」高梨が反射的に問う。

「zが一番大きいのは、yが$z+1$、xが$z+2$のときだ」

「ああ、で、$x + y + z = (z + 2) + (z + 1) + z = 3z + 3 \leqq 13$ とすると……zは最大でも3か」

「yが最大なのは……zが最小の1の時だから、$x + y + z = (y + 1) + y + 1 = 2y + 2 \leqq 13$ だと……5か」

「xは10以下」伊勢原が先に進める。「xが最大になるのは、zが最小の1、yが2のとき。で、合計13だから、最大でも10」

「いや、8以下だよ」皇が口を開く。「Bは、代数で一番だった。つまり、x点だった。で、3回の試験の結果が10点だから、他の2つの試験が最低の1点でも、xは8点になる」

「ああ、そうか」

しばらく全員が黙り込む。狭まってきている感触はするが、この先どの手がかりを使って考えを進めていけばいいのか、一瞬考えあぐねていた。

「Aは、xが2回、yが1回になるのか」伊勢原がふと、口にする。「Bがxを1回取ってるって書いてあるから、これがAが許される一番大きい組み合わせ。そのひとつ下の、xが二回にzが一回だと、最大の8＋8＋3でも19にしかならない」

「xが1回、yが2回は……8＋5＋5で18だから、これもAの結果じゃない」

「Aが20点で、それは2回のx点と代数のy点。8＋8＋4。あるいは7＋7＋6……ああ、こっちは違うな。yは最大5だ」

「ってことは、x＝8、y＝4、z＝1」

「Bはじゃあ、代数がトップで合計10点だから、代数8点、あとはビリ2回か」

「じゃあ、幾何で2位だったのは、C」

顔を上げると、少し早いものの、夕食の時間になっていた。

皆で解く、というのは栢山にとって初めての経験だった。一人で解くのと違う感触がある。誰かが閃いてくれるかもしれない、というのは心強いようでもあり、一方、甘えているような、さぼっているような心持もする。

実際、おそらく、一人で解くよりも時間がかかっているだろう。

もし一人で考えるなら、もっと頭は高速で回転しているのではないか。

その疑問も、残り一つの問題で打ち砕かれることになるのだが。

夕景の空を見上げて、皇が立ち上がると、それを機に小休止となった。

食べるか、解くかしかしていないな、と皇が笑った。

他に何かすることがあるのか、という顔を、伊勢原がしていた。

夕食は各チームごとに進捗《しんちょく》に合わせて取っていたので、時間もばらばらだった。それでもすれ違う別のチームと話していると、やはり最後の問題はまだどこも解けていない様子だった。

$x^2 \pm (x+y+z)$, $y^2 \pm (x+y+z)$, $z^2 \pm (x+y+z)$ がどれも平方数であるような有理数 x, y, z を求めよ。

たったこれだけ。

これが、思いつくどんなアプローチをも拒絶し続ける要塞《ようさい》であることが、やがて明らかになる。書かれた式を、何枚紙を使っていじくり倒しても、どこにも進めず、どんな展望も開けてこない。式をいじってもいじっても、同じところを何度も行ったり来たりしているだけで紙が埋まっていき、そしてスタート地点から一歩も動いていないことが分かる。こういうとき、栢山は孫悟空の気分になる。釈迦《しゃか》の手のひらの上で感じた徒労感は、いかばかりのものだったか。

顔を上げると、銀河棟は静かだった。

すっかり夜になっていた。外に広がるキャンパスも、電気の消えているところは非常口の緑灯だけが点っている。考え続けているというより、煮詰めたスープのようになっている他のメンバーをよそに、気分転換に外に出る。合宿で使われている棟だけは不夜城のように明るい。普段はこうではないからだろうが、虫という虫がガラス上部の灯りの届くところに群れて止まっている。薄暗いコーナーにある自販機でサイダーを買って戻る途中、とあるチームが相馬に群がって冗談半分にヒントを求めていた。「分からなきゃ寝ろ」と一蹴《いっしゅう》して、当然明確なヒントは言わなかったが、2つの閃きが必要、と口にしていた。「一つ目はちょっと考えたら思いつける。でも、もうひとつはなかなか思いつけない。そこが面白い」

この話は、すぐに口伝えであらゆるチームに広まった。

風呂に入ることにして、皆がジャージやラフな格好になってまた集まる。考えながら、あるいは全く関係のないことを話したりしながら、どのチームも寝ずに様々な場所で集まり続けていた。「まるで修学旅行か文化祭前夜みたい」と風呂上がりで髪がまだ濡れている高梨が言った。伊勢原は風呂に入らず仮眠を取っていたようで、またバナナをチャージしていた。太らないのか。

　しかし、時計が十時を回るにつれて、停滞ムードが色濃くなる。銀河棟で考える他のチームも突破口を見出《みいだ》せないようだった。半ば一旦放棄して学校生活の話に花を咲かせ始めるチームも出ていた。時折笑い声が、照明を少し絞った銀河棟の中に木霊《こだま》する。それはそれで楽しそうだった。

　この問題は、他の2つと異なり、試行錯誤すれば何とかなるような問題ではない。そこまでは誰もが感じていた。相馬が言っていたように、「閃き」が必要になる。でも、閃きと言われたら、手の打ちようがないと感じられてしまう。閃きは、閃くか閃かないか、それしかない。努力すれば閃くのならばやりようもあるが、それで閃くとは限らないから、閃きと言うはず。

　こういうことだよな。柴崎が言っていたことを、栢山は思い出す。論理だけではない。確かに途方に暮れる。どうすればいいのか分からない。どうすれば閃くことができるのか。

　しかし、と思う。考え続けなければ、閃かない。そして閃きは、決して何もないところから湧いてくるわけではない。

　閃きは多分、それぞれの中にある数学世界から来る。自分でもその全容を自覚できないけれど、自分のなかに確かに育《はぐく》まれ、培《つちか》われ、形成されている数学世界から、閃きはやってくる。そこにある何かが、思ってもみない何かが、思ってもみない形で、目の前の問題につながる。

その、思ってもみない、というあり方こそが、閃き、と表現される理由。

そう思ったところで、閃きが降りてくるわけでもない。

その代わりに頭をよぎるのは。

この問題は、今の自分では手が届かないかもしれない、という予感。

それは重く黒い何かとして、自分の真ん中あたりに詰まったように鎮座する。

思考が逸れている。逸れがちになっている。

気分転換に席を立つ。もう何度目か分からないけれど。


栢山は、夜の芝生に出た。

遠くから、笑い声が届く。きっと問題を横において話し込んでいるチームだろう。

虫を払いながら、何も考えてはいなかったけれど自然と、不夜城の灯りから遠ざかるように遠ざかるように、キャンパスの奥の方へと歩いていく。なぜ人のいない方へと行きたがるのだろう、と自分の中の誰かが思う。これが夜の数学者が夜に起きている理由なのか、ともよぎる。蟬の声は、なぜか邪魔にならない。

キャンパスに広がるいくつもの棟は、夜の高原に黒くその存在を浮き立たせていた。

滅びた大型動物の化石のようでもあり、未知の惑星の崩壊した文明の跡のようでもあった。

芝生から、煉瓦道にあがり、巨大な影の間を縫うように歩いていく。時折、非常口の緑の灯りがかつての文明の痕跡《こんせき》のように現れる。

見上げれば、切り取られた高原の夜空があり、見たこともないほど星が多い。

あてもなく歩くと、棟に囲まれた広場のような場所に出た。ちょうど十字の舗道の交差点にあり、少し盛り上がった場所になっているらしく、遠く先のキャンパスまでが見通せた。彼方に、半球形の奇妙な建物が見えた。天体観測ドームのようだった。

中央に真円の泉があって、誤って落ちないためにか、間接照明で縁《ふち》取られていてほのかに明るかった。感じ取れない風に、水面でさざ波が走る。

その泉の前に、人のシルエットがあった。

車椅子に乗っている、とすぐに分かった。

きらきらとさざ波に反射する光の粒を見ているようだったが、もちろんそうではない。

一人でこんなところを散歩しているのか、とまず頭をよぎる。

そして、夜にいる夜の数学者なのだ、という認識が走る。

栢山の足音に気づいていたのか、振り返らずに声が聞こえてきた。

「誰だい」

階段教室の時と、違う声のように感じられた。

「栢山です」

シルエットになっている背中は、何かを感じ取るように静止している。

「数学とは何か、と質問した学生だね」

はい、と栢山は答える。足がなぜか、動かない。

「なぜ、あの質問を？」

栢山は、一瞬彼女の顔を思い出す。「僕も、そう訊かれたんです」

今度はかすかに、頷く動きが見えた。

「君にその質問をした人は、迷っているんだろうね」

「なぜですか」京の表情を、仕草を、言葉を思い出す。この合宿で出会った誰よりも、確信に満ちている存在に思えた。

「その人は、彼女、彼、どちら？」

「彼女、です」

そうか、と夜の数学者は得心したように呟く。

「彼女は答えを知っている。信じたくないから、そう質問している」

そうなんですか、とも声に出せない。

「人はなぜと問う。問うても無意味なのに、問わずにいられない。だからユークリッド

るためには『原論』を書いた。なぜと問うのではなく、誰もが確かだと思うことだけを積み上げ

「なぜ、E^2を作ったんですか」

栢山は、問うた。なぜ、と。

「なぜ、決闘なんですか」

知りたかったから。

「E^2は決闘だけではないよ」

「はい。でも、この合宿でも私たちは決闘しています」

栢山は、夜風を感じた。今まで感じなかった風を。

水面を揺らすそれを。

心なしか、夜の数学者が微笑んでいる気がした。

背中なのに。シルエットなのに。

「他人の数学世界を学ぶためですか」

仮説もなく問いばかり言うのか。子供のように。そう言われている気がして、いや、自分がそう感じて、栢山は己の考えを口に出す。それは、勇気を要した。自分の知性がどの程度なのか告白するのに等しいように思われた。

「それもある。でも、もっと根源的だ」

夜の数学者はそう言った。はっきりと、風に乗って、小さく笑う息が聞こえた。

何なのだろう。

目の前にあるシルエットは謎そのものだった。

「君は答えの中にいるのに」

夜の数学者は告げた。「目の前の答えほど、人は気づかない。目に入っていても、見ていない。その中にいても、気づかない」

これが根源だ。これこそが、根源だ。

夜の数学者は、二度繰り返した。

「彼女は気づいている。だから問う。数学って何、と」

栢山には分からない。けれど、もう一度、問う。

「なぜ、E^2を作ったんですか」

「数学にたった一人で挑んでいるのが、自分一人ではないと知るためだ」

栢山の息が止まる。

自分で気づかなければならなかった。たどり着かなければならなかった。

自分は、すでにその答えの中にいた。

その通りだった。

いま戯《たわむ》れのように示されたのは、諦念《ていねん》からであり、恩寵《おんちょう》からだった。

そう、栢山は認識した。

「戦っている、これが主観だ。同じ問題を同じ瞬間に解いている、これが現象だ」

はい、と答えることもできない。

「この数日間の風景が、いつか君を救うだろう。夜の底で」

きっとその通りだろう。

栢山は思った。

あちこちで、机に突っ伏して寝ている学生がいた。

戻ると十二時近く、合宿棟は静かになりつつあった。誰も部屋に戻っている様子はなかったが、議論の熱は落ち着き、話す声がしている一方で、そのかたわらで寝ている者もあった。夜のしじまが合宿棟の主に成り代わっていた。三ツ矢サイダーをもう一本買って、銀河棟に戻る。

栢山のチームも、めいめいが銀河棟の思い思いの場所で考えていた。集まって議論をするというより、お互い別々に考えて、何かあれば持ち寄る、ということに自然となっていた。

「なぜ、こんなに見たことがあるような形なのに、突破口がないんだろう」高梨が机に頰をつけてブーたれていた。若干、目が閉じかけている気もする。「見慣れているだけに、なのかな」

確かに、よくある形に思える。何が難しいのだろうか。何が難しくしているのだろうか。xとyとzの対称性なのだろうか。しかし、これがひとつの式だけであれば、お手上げのはずだ、とも思えた。3つの式があって、対称性があるのは、むしろ制限であり、これがとっかかりになるはずだ、と栢山は考えた。

「皇さんがきっと解いてくれる」

そう呟いていた高梨は、ふと目を離した隙に、突っ伏したまま眠っていた。

伊勢原は、夢遊病者のように銀河棟を歩き回っており、今は灯りの届かない四階部分の奥を逍遥《しょうよう》していた。バナナをあれだけ食べただけあって、小さな身体でも持久力は尽きることがないように思われた。

「解けた？」

「手が届きそうで、届かない」

言いえて妙だ、と相槌を打つ。「もどかしいんだよな」

「何かすぐ近くにある気がするんだけどな」

銀河棟は、遥《はる》か天井から釣り下がる高さもまちまちの無数の照明が一斉に灯っていると、その名の通り、まるで銀河のようだった。二人は、銀河棟四階部分の床に座り込み、目の前に広がる、立体プラネタリウムのようなか細い照明群が揺れる空間を見ていた。

「高梨さんが、皇さんがきっと解いてくれる、って」

手すりの隙間から足を宙に投げ出している伊勢原は、何か考えるように銀河を見ている。横顔を、星の灯りに照らされて。

「憧《あこが》れは、大事だよ」

「伊勢原さんも、誰かに憧れが？」

答えはないと思って訊ねたが、その後の沈黙に、自分の読みが誤りだと気づく。

その横顔は、柔らかかった。

「弓削さんはね、小学生のとき同じ数学の先生に習ってたんだ」

塾でね、と伊勢原が付け足す。

弓削。オイラー倶楽部の一人。

伊勢原は、船を浮かべるように思い出話を話す。「よく、教えてもらってたんだ」

小学生の、伊勢原と弓削を想像してみる。

「弓削さんはその頃から数学ができたのか」

「先生より分かりやすかったんだよ」思い出し笑いを伊勢原がする。

「弓削さんは中学から偕成だから、別々になったんだけど」そこで、言葉を切って、しばらく沈黙が続いた。それ以上はもうないのか、と栢山は思う。それ以上は言葉にしたくないのか。

「だから数学を続けてる？」栢山は、問うてみる。

「だから、じゃあないよ」伊勢原が鋭く言う。矜持が見えた。「でも、それも楽しみのひとつ」

憧れなんだ、弓削さんは。

ここで再会できたのは、伊勢原にはひそかな喜びだったんだな。この合宿の片隅に、自分の知らないところに、そんな思いがあったのか。彼女がバナナを食べ続けていたのは、弓削の前で成長した姿を見せたかったからかな、と想像した。

弓削は、昨日のサバイバルで最後の六人に残っていた。表情を崩さない佇まいが、記憶に残っている。

「弓削さんみたいになりたい？」

「なりたくないよ、そんなの」

伊勢原は即答する。

「その人になれないから、憧れなんだよ」

振り返ってこちらを見る目は、星をいくつも内に含んでいた。真《ま》っ直《す》ぐに何かを見つめ続ける目にさらされていると。

君は、憧れさえ持っていないの？

そう問われている気がした。

京やキフユに憧れているだろうか、と考えながら薄暗い銀河棟をぼんやり見下ろしていて、ふと気づく。そういえば、皇がいない。伊勢原に訊くと合宿棟の方では、と言うので、思考がてら合宿棟まで歩くことにした。

「皇さんが解いているかもね」栢山が立つと、伊勢原が言う。

「解いていたら、答えを見たい？」

「どうかな。迷うな」そう呟いた伊勢原の表情は、ついさっき憧れの話をしていたときと同じだった。

合宿棟は、文化祭前夜のごとくで、眠っている者、二階のどこかで打ち明け話めいた会話をしている者、議論している者、にバラバラと遭遇した。

皇は一人、誰もいない階段教室にいた。

静かだったけれど、教室は眠っていなかった。

その主は、まぎれもなくホワイトボードと周りの紙を往復する背中だった。

正面のホワイトボードには数式が書きなぐられていた。何度も消したのであろう跡が見える。近くの机の上には一面に紙が散らばっていた。

皇は立ったまま、ペンで紙に書き込んでいた。

階段を下りて、ホワイトボードに何が書かれているのかを見る。

その、一部が目に飛び込んでくる。

$$x^2 \pm (x + y + z) = \text{平方数}$$

$$a^2 + b^2 \pm 2ab = (a \pm b)^2$$

$$\downarrow$$

$$c^2 \pm 2ab = (a \pm b)^2$$

なぜこれだけ多くの殴り書きがあって、それが目に飛び込んだのか分からない。問題の式が何かに近いと考え続けていて、それが単純に $(a + b)^2 = a^2 + 2ab + b^2$ という中学1年で学ぶ式に類似していることは、示されれば確かに自分も深層意識でそう思っていたと知る。しかし、こう書かれてみると、その類似の意味がより明確に示されていると感じた。その式を類似として引っ張り出す意味が確かにありそうだと分かる。

皇を見る。最初の問題を解いたときに、「問題をまず簡単にする」ことでチームに指針を与えていたのには気づいていた。その後、混沌とする具体的なトライから、一般化できる部分を一気に取り出したのも、皇だった。二問目では、とば口となる式を形にした。形にすることで、情報の少ない問題が持っていた「制約」が一挙に明らかになった。

問題を、単純化してみる。

問題を、拡張してみる。

問題を、別の形に置き換えてみる。

自分よりもうひとつ上の自在さがそこにある、と栢山は感じた。

今も、誰もが意識下では気づいているけれど、それにどう意味を与えるべきか、どう活用すべきか誰一人気づけていなかった、類似に意味を与えていた。

これが、閃きのひとつ。そう、考え続けた頭が直感した。

その先は?

いや。なぜ自分がこれに瞬時に目が行ったのか。

この先に絶対何かがあるということだ、と頭の中で誰かが騒いでいた。

階段を降りて行きながら考える。ホワイトボード用のペンを手に取る。

$z^2 \pm (x + y + z) =$ 平方数
$y^2 \pm (x + y + z) =$ 平方数
$x^2 \pm (x + y + z) =$ 平方数

$a^2 + b^2 \pm 2ab \qquad = (a \pm b)^2$

↓

$c^2 \quad \pm 2ab \quad = (a \pm b)^2$

最後のc^2の入っている式、これが問題の式に対応している。問題の式は3つあるということは、c^2の解が3つあればいい。矢印の前は中1が習う自明の展開式、そこから$a^2 + b^2 = c^2$で矢印の先に変換している。

「ピタゴラスの定理」

$a^2 + b^2 = c^2$

「そう」

栢山の呟きに、皇は答える。

ピタゴラスの定理。だから、何だ？　そう、自分に問う。

自分は、c^2には3つの解がいる、といった。

一方で$x + y + z$はもちろん常に同じ答えにならなければならないから、対応する2abは常に同じ値でなければならない。つまり、abは。

ピタゴラスの定理。

c^2は3種、つまり$a^2 + b^2$は3種。

でも、abは常に一定。

ああ。

そういうことなのか？

「面積が同じで、辺の長さの違う、『3つの』直角三角形」

自分の頭の中に飛来したものを、言葉にする。できるだけ正確で、簡単な言葉に。

皇の動きが止まる。こちらを振り返る。

二人の視線が合う。

動き出したのは、二人同時だった。

紙の海をかきわけて、白紙の紙を取り出す。

面積が同じで、辺の長さの違う、3つの直角三角形。

それを探し出せばいい。

その三辺の長さ、それを3セットを見つけ出せばいい。

二人は、それから一言も言葉を交わさず、計算し続けた。紙に書き続けた。

試行錯誤しながら、三辺の長さを求め続ける。

見つかって、二人で確認し、それを適用して、元の式の答え、つまり **x, y, z** の値を求めて、二人がペンを置いたとき。

二人は、驚く。

ガラスの外が、薄青くなっていた。

夜明けが近づいていた。

外が明るくなり始めていることに驚きながら、しかし二人は何も言わず、ホワイトボードに最後に書いた、問題の答えを見ていた。全身に鈍い重さがあったけれど、それらを突き抜ける高揚のなかにいた。

$$x = \frac{203}{48} \quad y = \frac{259}{48} \quad z = \frac{791}{96}$$

書かれた数字は、まるで宝物に見えた。
それを自分たちが見つけたことが、信じられなかった。
だが、まぎれもなく自分たちで見つけたのだと、胸に溢れる何かが示していた。
到底手が届かないと思っていた問題に。
手が、届いた。
胸の何かが。
この記憶がある限り。
これからどんな問題にだって、向かい続けていくことができる。
そう、告げていた。
皇と顔を見合わせる。
ずっと一緒にいたのに、しばらくぶりに見る相手の顔。

自分もきっと同じ表情をしているのだろう。

最初に全問解答したのは、栢山のいるチームだった。

朝の暴力的な光の中、ゾンビのように参集した学生にその結果が申し渡され、解答が公表されると、呻《うめ》き声が方々から上がり、称賛の拍手が階段教室を満たした。

一度散会となった。風呂に入っていない人間もいたので、その猶予《ゆうよ》も取られた。朝風呂かあ、と言う声、いかん寝るわ、と言う声、寝てないのかよ、と言う声が教室を出たウォールの下で交わされていく。

「美作さんがさあ、もう天才過ぎて収拾がつかなくてよ」昨夜の喜劇を話す新開は、爆弾コントの収録を終えたばかりみたいな髪型になっていた。ウォール前のソファからずり落ちそうになっている。

「よくあれが解けたよなあ」ひとしきり話し終えると、ぽつりと新開は呟いた。

「俺もそう思う」

「才能ってのはやっぱりあるのかね」

新開は、ウォールを見上げたまま、誰に言うともなく口にした。

「才能がなかったら、やめるの？」

声がした。二人で振り返ると、五十鈴だった。

新開は、少し体勢を直しながら、言い返す。

「才能がなくても続けることに意味があるんですか」

「決闘に負けたら、才能がないの？」

寝ていないだろう彼女の髪は普段以上にぼさぼさしていたが、目はいつも以上に鋭かった。

「でも、栢山のチームが解けた問題を、五十鈴さんは解けなかった」

「だから？」

「負け惜しみですか」新開の口調が強まっている。

「違う。誰かより遅く解いても、解いたことに変わりはない」

「時間をかければ解けたという確証は？　どんなに考えても解けなかった可能性だってある」

「そう思うなら、そこで終わりなんだと思う」

五十鈴の言葉に、新開は一瞬押し黙る。しかし、声を絞り出した。

「負けたことを誤魔化している方が、目を背けている」

新開の反論にも、五十鈴は動じなかった。

「俺、答え聞きましたよ」

栢山が口を開くと、二人がこちらを向く。「答え？」

「なぜ、E^2に決闘があるのか」

「誰に？」

「夜の数学者に」

五十鈴は、黙って立っていた。品定めするように。

栢山は立ち上がる。

「聞きたいですか？」

五十鈴は、何も言わずに栢山を見返してくる。

三人がお互いを見合う沈黙に、ふと、風が吹いた。

同時に三人はその風を感じて、同じ方向を見る。

ウォールの前を通り抜けていく人物がいた。

皇だった。

一瞬、こちらを見たが、そのまま行き過ぎていく。

その背中を見送りながら、新開が自嘲するように口を開いた。

「何だかんだ言っても、あの人には届いてないんだよ、俺たち誰も」

五十鈴は何も答えなかった。

栢山も。

どんな理屈をこねても、その前ではすべて言い訳になる。

その背中の前では。

遅めの朝食後の集合場所は階段教室ではなく、銀河棟だった。

一階部分に当たる最も広大なフロアの中央に集合すると、木村が説明を始める。傍らにいる相馬のTシャツは、今日は「数学は大胆な者を好む」だった。

「最後の種目は、タッグマッチだ」

くじで二人一組になり、チーム同士で決闘する。決闘条件は、チーム同士で話し合って決めていい。勝ったら、そのチームのまま次の決闘へ。負けたら、チームは解散、チームでなくなった個人同士でまた別のチームを組み直して、決闘へ向かう。

どこかひとつのチームが五勝したら、終了。そのチームが優勝。

説明を聞きながら、学生たちがざわざわとしている。この種目は去年までなかった、今年初めてのものらしい。

じゃ、くじをしようか、と木村が言うと、被っていたシルクハットを脱ぐ。どうも中にくじが入っているらしい。触りたくないなあ、と双子の高梨がそろって口を尖らせる。

一人ひとりくじを引いていく。早速チームが決まった連中もいて、周囲が騒がしくなる。栢山が、シルクハットから取った小さく折り畳まれた紙を広げると、「29」と書かれていた。10番目の素数だ、と思いながら辺りを見渡す。

チームの相方は、庭瀬だった。午前の気持ちの良い光を背景に、庭瀬は目に見えて憮《ぶ》然《ぜん》としていた。この現実に対して、どうしてやろうかと思案しているように見えた。そんな顔せんでも、と栢山はぽりぽりと頬をかく。周りは、既に決闘の舞台である指定されたテーブルへと向かい始めている。栢山も、その一群の最後尾につこうとするが、庭瀬が足を止めたままなのに気づく。

「気に入らなきゃ、負けてチームを変えればいい。いろんな人とチームを組むってのも面白そうだしさ。別に勝つだけが正しいってわけでもないだろ」

「冗談言わないでよ」

庭瀬が射抜くように見てくる。と思ったら、そっぽを向いて愚痴る。

「そもそも、誰かと組んで戦うなんて馬鹿馬鹿しいんだよな」

「じゃ、一人で全部解けばいい」栢山も庭瀬を睨み返す。

「それで勝てるならね」

庭瀬はひるまない。僕はね、と口を開く。

「負けるのが嫌いだ」

分かる？　と目で問うてくる。

「やるからには、勝つ。わざと負けるなんてありえない。わざとでなく負けるのは、もっとありえない」

栢山は、それは、と少し口の端を上げる。「分かりやすくていい」

指定のテーブルに着くと、向かいにいたのは、伊勢原と三枝だった。変わったコンビだな、と栢山は座りながら思う。

目の前に用意されたタブレットにログインして、持ってきた紙の束をテーブルの上に置く。テーブルは白くてすべすべした長方形で、反対に相手チームの二人が座っている。黄金比だろうか。

「楽しくやろうよ」三枝が、向こうからにこやかに発言してくる。

「30問、幾何問題限定でどうですか?」庭瀬が提案した。同じくにこやかに。表面上は。

伊勢原と三枝が、ともにわずかに顔を曇らせる。

「幾何?」隣の庭瀬にだけ聞こえる声で、栢山が呟く。

「あの二人はどちらも、サバイバルで幾何問題を間違えて脱落してる」

そんなことまで見ていたのか。じっと相手を見据えたままの庭瀬に、栢山は驚く。

「ジャンルはしぼらず、がいいな」三枝が応える。今日も今日とて襟足を結んでいる。

「じゃあ、幾何問題と整数問題、50問先に解けた方が勝ち」

「それはちょっとダメです」伊勢原が口を開いた。

「ダメなの?」三枝がのんきに訊ねる。

庭瀬が小さく口角を上げる。「彼女は、やる気か」

「なぜダメなんだ?」三枝と同じレベルかよと嘲りを浮かべられそうだな、と思いながら、分からないので小声で訊ねる。案の定、庭瀬がその童顔に嘲りを浮かべる。

「好き嫌いの激しい三枝には、50問という数は解けない」

「そうかな。一昨日、ずっと同じ問題を考えていたみたいだったけど」昼休みに見た姿を思い出す。

「好きな問題はな。彼が嫌いな問題を飛ばす分だけ、こちらは有利だ」

「よく見てるんだな」心底感嘆して、栢山は呟く。

「お前らが、他人《ひと》を見ていなさすぎなんだよ」すっかりお前呼ばわりになってるな、と思いつつ、栢山はしかし頷き、対戦相手に向き直る。「そうかもな」

「幾何問題と整数問題、1時間で多く解けた方が勝ち」伊勢原が提案してくる。ちっ、と庭瀬が小さく舌を鳴らす。

「相手は二人とも幾何が苦手なんだろ」栢山が言う。

「整数問題は、三枝の庭みたいなもんだ。それを餌《えさ》にすれば、油断して50問を受け容れると踏んでいたけれど、そうじゃないとすると」

「半分得意で、半分苦手なんだろ。上々じゃないか」栢山は肩をすくめる。「早くやろうぜ」

庭瀬が汚物を見るような目で見てきた。お前、どれだけ猫かぶってたんだ。

「お前も所詮《しょせん》、数学馬鹿か」

「数学は余計だよ」

「ただの馬鹿か」庭瀬が呆れたように言う。「分かってるだろうな」

「勝つってことでいいんだろ」

「お前、三枝をなめてるだろ」

「誰が向こうに座ってても、やることは一緒だ」

指をぱきぱき鳴らして準備する栢山を庭瀬はしばらく見ていて、ふいに相手チームへと告げる。「幾何と整数、30分で多く解けた方が勝ち」

「30分？　短いな」

「じゃあ、40分。何試合もあるんだから、だらだらやっててもさ」

三枝が、いいんじゃない、と伊勢原の顔を見る。伊勢原はしばし考えていたが、承諾する。「では、それで」

庭瀬が入力すると、四人のタブレットに条件が表示される。開始までのカウントダウンが始まる。この時間をめぐる掛け引きは何だろう、と思いながら心の準備をしていると、隣の庭瀬が小さく告げてきた。

「お前のスピードを見積もってやる」

庭瀬はタブレットに目を落としたままだ。すでに臨戦態勢。

「勝つぞ」

栢山はなぜか笑った。なぜだろう、と自分でも思う。嬉しかったのかもしれない。

何が？　タブレットに向かい、おう、と答えたのと同時にブザーが鳴った。


入道雲を背景に、九十九書房のガラス戸が開く涼しい鈴の音がした。

十河が顔を上げると、制服姿の柴崎だった。真っ白のブラウスの背中には、いつもの通り薙刀。

栢山ならいないけど、とカウンターから声をかけると、はい、と柴崎は鞄から一冊の参考書を出す。「使い終わったら、九十九書房さんに返しておいて、と言われていました」

本の山越しに受け取って、まいど、とその山に参画させる。本の山脈に置かれた、真四角でぼつぼつと穴が円形に開いてる古い古いラジオから、ううううう、とサイレンの音が鳴り渡った。

「決勝ですか？」柴崎が訊くと、十河は「昨日雨で順延したからな」と肯定して、柴崎を見上げる。

「応援に行かないの？」

「私も明日から、しばらくいなくなるので、準備が」

「インターハイですか？」奥から、声がした。

外が光にあふれて明るいがゆえに、店の奥は対照的に影が濃い。柴崎が細目で奥に数歩進むと、テーブルに七加がいた。黄色のワンピースを着ていた。目が慣れれば、とても目立つ。

「そう」

「薙刀、でしたっけ」

「うん」柴崎は背負っているものをちょっと見せる仕草をする。

「あ、七加と言います」

「生徒会でしょ？」

「覚えててくれたんですか」

「栢山君じゃあるまいし」

「なるほど。そうですね」

栢山は、どうも株が低いようだな、と十河は内心ほくそ笑む。いい気味だ。ラジオからは、グラウンドに飛び出した選手たちの様子をアナウンサーが澱みなく実況している。しばらく黙って聞いていると、スターティングメンバーの紹介で、９番ライト王子君、と読み上げられた。

「王子君、一年なのにスタメンに入ったんだ」

七加が驚く。柴崎は何も言わない。ただラジオの方を見て、少し目を細めただけだ。

「同じクラスでしたっけ」

「うん」

「応援に行けないのは残念ですね」

「生徒会は、応援に行ってるんじゃないの？」

「行ってます」

「七加さんは？」

「涼しいところでラジオを聴いている方が、応援に専念できるので」

ふーん、と柴崎は追従する。

「甲子園、行けますかね」

「相手は？」

「英大付属高です。大本命の強豪ですよ」

「そっか」

会話はそこで途切れた。その間を埋めるように、一回表の実況が始まった。金属バットの快音が響き、英大付属高の最初のバッターがヒットを打った。

「インターハイ、どうですか？」

「どうかな。私は高校に入って始めたばかりだし」

「でも、団体戦のメンバーなんですよね？」

「人数が少ないから」

ぽつりぽつりと、夏の空に浮かぶ雲のような会話は、また響いた快音と、わあっと球場が沸く歓声にかき消された。

「勝てるかな」七加が心配になったように声を出す。

「大丈夫だよ」柴崎は薙刀を一度抱え直すと、踵を返す。

「貴方だったらどうしますか」

その背中に、七加は問うた。

「大本命の強豪と当たることになったら」

柴崎は、振り返る。すらりと立ったまま、その姿がガラス戸からの光で影になる。見れば、目はまっすぐ七加を見返している。

「そりゃ、やるよ」

「たとえ負けると分かっていても？」

七加が問いを重ねる。ちょうどその時、柴崎の額から、汗が一筋、頬へと伝った。それでも、柴崎は瞬きもしなかった。

「負けると分かっていたら、なおさら行くよ」

伊勢原と三枝に、辛勝した。整数問題で三枝が驚異的な集中力を見せた。伊勢原も整数問題に狙《ねら》いを定めて解いていく。こちらは、庭瀬が幾何問題の比較的容易なものを解きまくることで数を稼ぎ、整数問題で栢山がスピードを見せた。その分担は示し合わせたわけではなかったが、自然にそうなっていた。

「やっぱり、最初の作戦の見通しが甘かった」勝ったにもかかわらず苦々しそうに振り返った庭瀬に、栢山は二戦目、三戦目のルールの交渉は全面的に任せることにした。

結果、二戦目も三戦目も勝ち進み、チームを維持したまま、昼食を迎えた。三戦目が50問先取ルールで三時間に及んだため、三時前の遅い昼飯となった。決闘条件が違うので決闘数はまちまちだったが、チームを維持しているのは彼らだけではないようだった。焼けた鉄板の上のような暑さの芝生を歩いて食堂に行き、うどんを食べていると、庭瀬は少し残している。腹が膨れると頭に血が行かなくなる、とのことだった。

「お前、数学が好きというより、争うのが好きなんだな」栢山は感想を言う。

三連勝したからか、眩しい芝生を見ながら、庭瀬は少しだけ上機嫌だった。「もし運動神経が備わっていたら、こんなことやってない」

「十分すごいのに、どこまで戦うんだよ」

「もちろん、トップになるまで」トップ？　と栢山が鸚鵡返しすると、皇さんだよ、と庭瀬は小さく応えた。

「京、ではなく？」

「京がE^2で決闘してくれるなら、彼女もだ」

夏の午後に、歯に衣着せずに不敵な発言をする庭瀬は、いかにも彼らしかった。

「負けると分かっていても？」

「負けると分かっているなんて、誰も証明できない」

そう思える、そう思えているのが、庭瀬の強さでもあるんだな、と栢山は思う。

冷房でも抑えられない暑さの下、部屋に戻る。

高校野球地方大会決勝の結果を確認しようとして、その必要がなくなる。

メッセージが入っていた。受信はついさっきで、七加からだった。


決勝、0－7で負けました。

柴崎さんは明日からインターハイ。

私がクォークウォークに負けた時、言われたのは。


電気もつけていない薄暗い部屋で、立ったままの自分に、少しして気づく。

王子の顔を思い浮かべていた。

笑っている顔が浮かんだ。

そういえば。

あいつはいつも笑っているのか。

蝉の声が、耳に入る。

めちゃくちゃに暑いだろう球場で。

王子は、今どんな顔をしているだろうか。

タブレットでは分からない。その先の一行は、昨夜メッセージで訊ねたことの答えだったが、栢山の視線はすでにそこにはなく、宙に漂っていた。


負けたのなら、去るべきだ。


「決闘で死んだ、といえばガロアだな」古びたどてらやら毛布やらを何枚重ねにも羽織った柊がカウンターに埋もれるように座っている。鼻声だった。

「数学に決闘があるの？」栢山が来てみたら、いつもの面子は誰もおらず、九十九書房も開店休業状態だった。だるそうなので柊に聞いてしょうが湯を作ってやったが、風邪をうつされたらまずいので奥のテーブルに座っている。

「数学の決闘じゃない。色恋沙汰《ざた》の決闘だよ。血気盛んな時代だったんだ」

「そんなので死ぬなんて馬鹿だね」

「お前もな、恋をする年頃になれば分かる」柊はしょうが湯を一口すする。「って言いたいところだけどな、俺もそう思う」

でも、と柊は首まで毛布にうずめる。「彼は、その決闘の前夜に友人にあてて手紙を書いた」

「死にたくないって？」

「そこには、彼がそれまでに得た数学の結果がまとめてあった。我々の数学は、その手紙に書かれた成果の上を歩いている」

興味のなさそうだった栢山が、顔を上げる。「そうなの？」

「そこには、まったく新しい数学の概念が創造されていた。誰も知らなかった風景を、彼は一人で作り出し、我々は今やその風景を当たり前のものとしている。それがなければ数学はこうなっていないし、フェルマーの最終定理も証明されなかった」

「天才だったの」

「天才過ぎて、二年分の教科書を二日で読破したらしい」

「まじかー」彼我の差に栢山はブーたれる。まったくもって、昔の数学者というのは天才過ぎる、といつも思う。

「彼は十代のうちに新しい理論を生み出していた。五次以降の方程式の解の公式という歴年の難題も、それが存在しないことを洗練された形で証明した」

「十代？」

「ガロアが決闘で死んだのは、21歳だった」

「超もったいない。馬鹿だよ」

ぶっばっは、と笑い声なのか咳き込んでいるのか分からない音を柊は立てる。喉を整えるように深呼吸する。

「彼の手紙には、『僕にはもう時間がない』と記されていた」柊はゆっくりと話を再開する。「死ぬかもしれない日の前日だったから、まとめられたのかもしれない」

「どういうこと？」

「燃えるように生きていたから、閃くことができたのかもしれない」

そんなことあるのかなあ、と栢山にはピンと来ない。調子がいいとき、悪いとき、自分の精神がいかに自分にはままならないのかを、まだ十分には知らないのかもしれない。

「もし決闘で死んでいなければ、思いつかなかったかもしれない」

「嘘だー」

「嘘だよ、たぶん」


気づけば、キャンパスを囲んで広がる芝生のどこかにいた。どこだろう、と見回し、銀河棟を見つけて、歩いていく。首筋を太陽熱が焼いている。球場も暑かったろうな、と思う。暑い外をわざと遠回りするように歩いて、銀河棟に戻る。冷房の効いた巨大空間に入ると、自分がどれほど汗まみれになっているかを思い知る。おい、と手を上げる庭瀬が目に入り、彼のいるテーブルへと近づいていく。

胸に背中に感じる汗の嫌な感触にTシャツをはたきながら席に着くと、目の前に。

五十鈴と、弓削がいた。

「そっちも三勝だっけ」

弓削が、同じオイラー倶楽部の先輩後輩、という気安さで庭瀬に話しかけてくる。その気安さには、しかしもう駆け引きが始まっているような気配もある。

「後輩にハナもたせてくださいよ」

「そんなの無理だよ」

「せめてハンデください」

「具体的には？」

うーん、と童顔にうってつけのかわいい思案顔を庭瀬はつくる。会話をしていた弓削は、そんな庭瀬にも揺さぶられることはない。相対するのは初めてだったが、弓削は白いシャツにぱりっと身を包み、自然体で気負ったところが見えなかった。その隣で五十鈴は、まるで目の前のことに興味がないというように、銀河棟の広い屋内を見ていた。

栢山は、決闘のルール交渉を繰り広げる庭瀬と弓削の会話を耳に入れながら、自分はなぜこんなところにいるのだろう、と湧き続ける思いに身を委《ゆだ》ねていた。

勝ったからどうなるというのだろう。

負けたからどうなるというのだろう。

王子に比べれば。

ガロアに比べれば。

「おい」

庭瀬の声に、顔を上げる。テーブルに着く全員が、こちらを見ていた。すでにタブレットを手にしている。ルールが決まり、決闘を始めようとしているのだ、と理解が遅れて追い付いてきた。

「やるぞ」庭瀬がもう一度言う。

栢山は、タブレットに手を伸ばそうとした。でも、すぐには手が動かなかった。自分の中に、手を伸ばす理由が見当たらなくなってしまっていた。

「おい」

「五十鈴さん」

代わりに、栢山はそう言った。溢れるものを吐き出すのか、と誰かが警告した。

彼女はタブレットを手にしたまま、熱の入っていない眼差しでこちらを見返してくる。

この場でこうしているのは自分の本意ではないとでもいうように。

「決闘は、戦いじゃない」

栢山のその言葉に、五十鈴の目に光が宿る。色めき立ったのは隣の庭瀬だった。栢山は構わなかった。

「もしこれが本当に戦いだったら」

言いたくない。なぜか、そう思った。

「負けてなお戦えるはずがない」

テーブルにいた全員が、身を固くするのが分かった。「あなたは昨日負けた。俺も負けた。それなのにどうして、またここに座っていられる？」

負けたのなら、去るべきだ、と言うのなら。

「こうしませんか」

栢山は、三人に向けて、淡々と告げた。

「負けた方は、そこで終わり。もう今日のタッグマッチからは降りる」

弓削はその気色に少し驚きながらも、平静のままだった。「本気？」

庭瀬が窺うようにこちらを見ている。が、何も言わない。

「決闘に意味があるかなんて、一人ひとり違う答えでいい」

自分の中の荒ぶる何かを抑えるように、冷静に言う。

でも、と栢山は続ける。

王子の笑顔を思う。

「戦うことを舐めてる人に、勝たせるつもりはない」

その栢山の言葉を最後に、テーブルは静まり返った。

周りの声が消える。

痛いほどの沈黙が満ちたとき。

「分かった」五十鈴が、口を開いた。

「でも、ガロアは大学に二度も落ちてるんだぞ」

え、そうなの、と少年の栢山は勇気づけられたように身体を起こす。

「面接官を馬鹿にしたからだとか」

「なんだ、やっぱり天才か」

「天才でも、芽が出るとは限らない。書いた論文を人に預けたら紛失されたりとか。提出した相手が亡《な》くなってまた紛失したとか」

「嫌われてたの」

「不遇だったんだよ。彼の論文は当時の数学者でさえ理解できず、書き直しを要求されたし掲載を拒否されてもいる」

栢山は、しばし考え込むように奥の時計たちを見上げていた。「ねえ」

しょうが湯をまた飲みながら、なんだよ、という風情で柊はその小さな後頭部を見る。

「数学は、時を越えて、誰が見ても、理解できるものなんじゃないの？」

「そうだな」

「じゃあ、おかしいじゃん。ガロアが不遇なのは」

「おかしいけれど、往々にしてそういうことはある」

「なぜ？」

「真に革命的なものは、真に革命的であるほど、理解するのはたやすくない」

「なぜ？」

「真に革命的なものは、奇抜に見えるからだ。奇妙に見えるからだ。それまでとまるで違う景色を見せるからだ」

栢山は、小さい頭で考え込み続けているようだった。後ろ姿からでも、少しがっかりしているのが伝わってくる。その気持ちは柊にも分かった。だから、でも、と付け加えた。

「数学のいいところは、正しければいつか必ず理解されるところでもある」

「でも今」

「たとえ、その時代でなかったとしても。ずっと後の時代だったとしても。ガロアの理論も、理解されるまでに没後四十年以上の時が必要だった。それから多くの数学者が彼の着想を研究することになり、我々の今の数学の風景を形作っている」

栢山は、眉をひそめている。納得がいかないらしい。

「ガロアの性格が悪かったからいけなかったの？」

ふはは、と柊は笑う。「ま、性格がいいに越したことはないだろうけどな」

「違うの？」

そう無邪気に問う栢山に、柊は毛布の中で目を細める。

「容易に分かることなんてつまんねえ、ってことだな」


ガラスの外が、夕映えの色を帯び始めていた。緑の影が長くなっている。光が、最後の輝きを芝生に送っている。

「まさか負けるとは思わなかったな」弓削が言った。言葉と裏腹に、淡々としていた。

テーブルに残された二人、その前の椅子に主はいなくなっていた。五十鈴は何も言わない。沈黙の下に感情が溢れているのが、隣にいて伝わってきた。

「ショック？」弓削が追い打ちをかける。

五十鈴は反応さえしない。初めて、弓削が少し笑みをこぼす。

「どうして誰も彼も、こんなレクリエーションの勝った負けたにムキになるのかな」何の力も入っていないその口調にも、五十鈴は反応しない。

「勝ったって負けたって、何が変わるわけでもない」

「本気でそう思っているの?」

初めて口を開いた五十鈴に、くつろいだ様子で弓削は答える。「栢山君だっけ。彼の言うとおりだよ。別に死ぬわけでも、殺されるわけでもない」

五十鈴は答えない。

「決闘になんて意味ない、って言っているくせに」弓削は笑う。

「決闘なんてしなければいいんだ。やっぱり」

「なぜ?」

「乱れる」五十鈴が、眩しそうに外に目をやる。その横顔は、半分だけ黄金色に染まっている。

「乱れてはいけないの? そう思うのが間違いかもしれない」

「なぜ?」外を見たまま、五十鈴が訊く。

「だって、数学って、感情から生まれるものだ」

「そんなあやふやなものじゃないわ」

「あやふやなものから、あやふやじゃないものが生まれるんだよ」チューリングテストを考え出したチューリングは筆談で性別を当てる模倣ゲームから発想した。同性愛者だった彼にとってそのゲームがきっと心を摑むものだったから。でもそれが、知能とは何かを問う礎となった。淡々と弓削は語り、だから、と言い足す。

「君は決闘をやりたいんだよ」

その言葉に、五十鈴は弓削を見る。本人は平静のつもりだろうけれど、驚きが顔に現れていた。動物みたいだな、と弓削は心の中で笑う。

「なぜ？」

知らないよ、と弓削はそっけなく言う。「自分の胸に訊いてよ」

ああ、いやあ、ちょっと休めるのはありがたいなあ、と弓削は座ったまま伸びをする。

「貴方は感情がないみたいに、淡々としている」

「それが俺の感情なんだよ」伸びをしてあらぬ方を向いたまま、答える。

私は、決闘がしたい？

そう言われて驚いたが、しかし。

そうだったのか、と腑に落ちて心が軽くなる気がした。

なぜ？

自分の胸に問うてみる。分からない。

でも、ガラスの外の夏の芝生にいる、さっきまで目の前に座っていた二人を、目が自然と探していた。

「止めなかったな」

蟬の声がかしましく降る芝生に点在している岩の上に座って、自分の影が長く長く伸びるのを見ながら栢山はそう口にした。負けたら種目から降りるという賭けに、庭瀬が何も言わなかったのが気になっていた。少し申し訳ない気持ちもあった。

「勝たなきゃどのみち意味ないって最初から言ってる」

芝生に腰を下ろし隣の岩にもたれかかって、庭瀬はタブレットをいじっている。

少し離れたところに、銀河棟が見える。四勝した後、ちょうど別テーブルで三勝同士が戦っていた。じゃあどうせならそれを待って四勝同士でやる？　という相馬の提案も、庭瀬は何も言わず受け入れた。他は混戦模様で追い抜かれる気配もないからか。それとも、と栢山は別のことを想像する。風が、夕暮れのものになってきている。

「決闘に意味があるとかないとか、馬鹿馬鹿しいと思ったけど」庭瀬が付け足す。

「なんでだよ」

「そう言う奴が探してるのって、誰にとっても意味がある、ってことなんだよ」そんなもん探したってしょうがないのに、と嘲りをプラスする。「自分にとって意味があるかどうかだけが大事なのに。そういう問いを考える奴は、自分にとって意味があればいいと覚悟できないから、普遍的な意味とかないものねだりしているだけなんだよ」

「でも、数学って、普遍的な意味を探すものなんじゃないの」

「別に。そんなの知らんし」興味がないとばっさり切り捨てる。「でも、数学のどの分野をやるか、は人によって違うでしょ。その人が何を大事に思うかが違うってことじゃん。自分にとって意味あることを、きっと普遍的にも意味があるはずだ、と思い込んで飛び込むんだよ。そうでなけりゃ、あんなウォールみたいな狂気じみた研究を続けられるはずがない」

何が楽しくてやってるんだか、という口調だった。が、栢山は気持ちの良い風に吹かれた心地がした。

「お前、すごいな」

初めて思ったわ、と付け加えると、ふん、とそんな賞賛は猫の餌にもならんといわんばかりの鼻息で処理された。

「なんでノイマンなの?」質問を投げかけてみる。

「火星人とさえ言われた、最強の天才だから」明快な答えが返ってきた。

夕日に頬を照らされ、涼しさを含んだ風に吹かれながら、頭を空っぽにする。

目を瞑って、大きく息を吸い込む。

「おい」庭瀬が立ち上がる。

銀河棟の方から、二人を呼ぶ声が夏の夕空を渡ってくる。

岩の上で、栢山も立ち上がる。「最後の相手は、誰かな」

「分からないけど、決まってるだろ」

庭瀬の頭に浮かんでいるのは、きっと一人の顔だろう。ようやく彼と決闘できるチャンスが来たことを、疑っていない表情だった。やっぱりか、と栢山は確信する。

近づいてくるのは、Tシャツの相馬だった。

相馬は、遠目に二人を見て、おや、と思う。でこぼこコンビかと思っていたが、今の二人は。

狩りを待つ野生動物の群れに見えた。

どうして自分がそこにいないのだろう、と相馬は少し目を細めた。

「行くぞ」庭瀬が言う。

「うす」栢山が応える。

銀河棟の中は、雰囲気が変わっていた。

何だろう、と考えるまでもなく、遥か天井から釣り下がっている無数の照明が、すべて点灯されていたのだった。室内から外を見れば、もう芝生も森もキャンパスも藍《あい》色に沈み、ガラスに無数の電灯と自分たちの姿が映っていて、どこか違う星にいる人々のようだった。

無数の照明の下を歩いていくと、人々が手を止めてこちらを見る。

一階の中央に用意されたテーブルへと、モーゼが杖を振り上げたように道が開いていく。

そこでは照明が集まって巨星みたいな塊を作っており、その下のテーブルに座っていたのは。

当たり前のように、皇だった。

その横では、新開がこちらを見上げている。

「やっぱりですよね」庭瀬が言いながら、対座する。「四戦ストレートですか」

「君たちと一緒だよ」皇が答えた。

「じゃあ、この決闘が、今日の最後ってわけですね」

そうとは限らないよ、と皇は言う。他のテーブルで短時間で勝ち進む可能性だってある。とは言うものの、他のテーブルの多くは、もう手を休めてこちらを注視していた。

「いやあ、こうやって注目を浴びるのもいいなあ」と庭瀬は童顔に笑みをこぼしている。

「よく気が散らないな」栢山は左右を見る。

「問題を開けば、同じだ」

まあね、と栢山は正面の二人に目線を戻す。

「どうしようか」

皇が訊いてきた。そちらの提案を訊こうか、とでもいうような余裕があった。

「提案があります」栢山は言った。庭瀬は黙っている。これから話すことは、芝生を歩いてくるときに、話してあった。

「一ノ瀬の十問を解く、というのはどうですか」

周囲で声が上がる。自分たちの立てた音の大きさにすぐに収まるが、ひそひそと話す声が巨大な空間を遊びまわっている。

「一ノ瀬の十問は、解いてしまった問題もあるな」

「だから、この四人の誰も解いていない問題に限定します。その問題から、先に三問解いた方が勝ち」

「三問」皇が、繰り返す。「時間はどうする?」

「無制限」栢山が応えると、その言葉がまた周囲に波を伝播《でんぱ》した。木村と相馬が、互いに目くばせする。また徹夜するつもりか。昨日の今日で。

皇は、目を少し落として提案を吟味していた。栢山は、正面に座る新開を見る。あちらは、こちらに目を向けていなかった。テーブルの上の何もない場所を見ていた。新開が一言も話さない、と気づいた。部屋で見せる陽気さが鳴りを潜めていた。疲れたのか。それはそうだ。これで五連戦になる。

皇が、異常といえば異常なのだ。その皇が、顔を上げた。

「一問先に解いた方が勝ち、にしないか？」

「一問？」庭瀬が眉をひそめる。頭の中で算盤《そろばん》を弾《はじ》いているようだった。「それじゃすぐに終わってつまらない。せめて、二問」

「どれも難問だ。あまり時間をかけるわけにも、ね」皇は周りに聞かせるように発言する。相馬が離れたところでうんうんと頷いていた。周りの迷惑を考えろ、これだから数学をする奴は、と自分を棚に上げて心中ブーイングを送っているのが分かる。

「それじゃあ」とまで言って、庭瀬は残りの言葉を呑み込む。それじゃあ、あんたが解けば終わってしまう。二問なら、自分と栢山で一問ずつ、でなんとか届きうるかもしれない。しかし、新開の手前、さすがにそれを口に出すことは留まった。

「いいじゃないか」栢山が、庭瀬に囁いた。庭瀬が隣に目を向けると、栢山は笑っていた。

「負けると分かっていてもか」

庭瀬が小声で問う。

「負けると分かっていたら、なおさら行くよ」

栢山は、そう答えた。庭瀬が目を細める。「お前、やっぱりただの馬鹿か」

「この中で、誰が一問先に解くか。純粋な個人勝負だ。お前の望んだ」

栢山は、相手から目を離さずに、そう告げた。

庭瀬は、ゆっくり視線を相手に戻していく。

なるほど、そうか。心中の不敵な笑みはおくびにも出さず。

「分かりました。それで」

皇が、微笑む。彼からそう提案してきたということは。

たとえどんな問題であろうと、個人勝負で負けるつもりはない。

その自信がある、という宣言にも取れた。

三人が、タブレットを手に取る。肩で深呼吸した新開が、最後に続く。

それぞれ、自分が解いていない問題を示し、互いに照らし合わせる。改めて見ると、
やはりどの問題も正答率が極度に低い。

確認していて、栢山は初めて気づく。一ノ瀬の十問は、最後の十問目だけ、他の九問を解かなければ見ることもできないようになっていた。その問題を見たことがある者は片手の指で足りる、という噂を庭瀬が隣から教えてくる。もちろん、まだ誰も解いてはいない。照合した結果、四人が解いていないのは、最後の十問目を除いて、六問あった。

「始める前に、いいかな」栢山が顔を上げると、皇がこちらを見ていた。

「どうして、この提案を？」

ただ、純粋に訊いてみたかった、という風情。栢山は、自分の思考を言葉に変換する。

「どうせだったら、誰も見たことがない景色が見たい」
その答えに、皇は了解を示す小さな頷きをした。新開は、栢山をじっと見ていた。
「誰も解けなかったら、永遠にやるの？」
テーブルの外から声がする。見れば、Tシャツの相馬が腰に手を当てていた。
テーブルの四人は、誰も返答しない。ただ、相馬をじっと見ている。
その視線の意味を、すぐに相馬は悟った。
解く。邪魔するな。
なっまいき。そう思いながら、どうぞ、と手のひらを出して、下がった。
「じゃ、やろうか」
皇が、言う。
その顔を、栢山は見据える。
届きうるだろうか。
越えられるだろうか。
戦うならば。
越えなければ。
越えようと思わなければ。
たぶん、今は、ただそれだけ。

それだけで、いいや。
ブザーが、鳴る。

そのたった一問に潜り、何度も何度も向かい続ける。
頭の中には、その問題だけ。
いつだってそう。それでいいのに。
余計なことを考えるから、人はなぜ、と問う。
何、と問う。
才能って？
憧れって？
数学って？
そう考えている時点で、濁っている。
いつだって目の前に答えはある。
答えは目の前にしかない。
私たちは答えの中にいる。
ただ。
思い切り、ぶつかればいい。

ぶつかって、ぶつかって。
負けて。敗れて。解けなくて。
それでも、もう一度、ぶつかればいい。
なぜ、という問いを発する心など、置き去りにして。
だって、見たいのだから。
ただ、見たいのだ。
ぶつかって、その先に何が見えるのか。
自分には今見えていない、その先が。
彼の見ている景色が、見たいのだ。
彼も見ていない景色さえ、見たいのだ。
風が止まる。
風?
音が止まる。
時が、止まる。
時が、止まっている。
何も聞こえない。
白い。

どこまでも白い。
違う。
匂いが、鼻をくすぐった。
草の匂い。
太陽の匂い。
風の匂い。
土の匂い。
水の匂い。
夏の匂い。
懐かしい匂い。
自分がかつていた場所の、匂い。
頬を、何かが撫でた。
風？
誰かの手？
それよりもっと、原初の何か。
初めて触れた、懐かしい、何か。
ここは。

どこ?
そう思った瞬間、
剝《は》ぎ取られるように、
世界を覆う真っ白なヴェールが
さあっとドレープの波となって、
遠ざかってゆく。
待って。
待ってくれないことを知っていながら。
そう、叫ぶ。
一瞬、触れたように感じた、それらすべてに。
もう戻ってはこないすべてに、心の一部まで持っていかれたように。
残った心が、残ってしまった心が、痛みに堪えるように、思う。
理由なんて分からなくていい。
何度だって、ぶつかっていけばいい。
いつか、見えたものが、答えなのだから。

——やり続けていれば、いつか着く。

――たとえそこが、お前の想像さえしていなかった場所だったとしても、な。

閉めるよ、と相馬の声ががらんとした銀河棟に響き渡った。

人がたくさんいる時よりもいない時の方が、音が響くのはなぜだろう、と思いながら、決闘の終わったテーブルに一人、栢山は座っていた。

はい、すみません、と立ち上がる。

入口のところで相馬は、誰もいなくなった棟を歩いてやってくる栢山を待っている。

宇宙で迷子になった宇宙飛行士みたいだな、と余計なことを思う。

「負けたショック？」相馬が訊くと、近づいてきた栢山はうーん、と首をかしげる。

「完敗でしたね」

かつて一問、それと知らずに解いた栢山は、残りの問題を初めて見たが、どれもどう手をつければいいのか初見では分からない問題ばかりだった。これは長期戦になる、と思い、それでもとっかかりのありそうな問題に狙いを定めて試行錯誤していた矢先、勝負は決した。

皇が、まさに自分が手をつけていた問題を解答した。

時計を見れば、開始して一時間だった。

「何であんなに強いんですかね」

外に出ると、高原の夜風を感じた。他の人は皆、すでに夕食に行っている。

ばちん、と背後で音がして、銀河棟の照明が一斉に落とされると、周囲は夜闇に落ちた。点々とキャンパスに設置された灯りと、遠い食堂の灯りが、人の存在を教えてくれる。

「数学を解くだけなら、別に人より速く解く必要もない。ゆっくりだって解ければいい。むしろ、答えに辿り着くことじゃなくて、その過程がどれだけ豊かなのか、独創的なのかの方が本当は重要だったりもする」

銀河棟から出てきて、じゃらじゃら鍵の束を手にドアに施錠しながら、相馬は誰に言うともなしに言う。昔、まさに同じような場所で、自分が思っていたことだったか。

「過程？」

「君らのやってる数学は、まだ数学じゃないから。本当の数学のための、手習い」

「本当の数学って何ですか？」

「新しい過程を見つけ出すこと、作り出すこと」

「答えよりも？」

そうだね、と相馬はお姉さんぶる。「問いと、答えまでの過程の方が大事だったりする」

でも、そのためには手習いができないとね、とも付け加える。

「どれくらい、手習いは必要ですか」

「どれくらいでも」

「それがこの合宿ですか」

どうかな、と相馬は首をかしげる。「きっと、何としても答えにたどり着こうとする、姿勢を問われてるんじゃない？」

「何があればいいんですか？」

「質問ばっかりだね、あんた」

「分からないことばっかりですよ、姐《ねえ》さん」

「青春だねえ」

「青春ですかこれが」

「あがけあがけ」姐さん、と言われたことがどうやら気に入ったようだ。相馬はまるで悪代官のように悪い声を出している。愉快そうだった。「言っても無駄だろうけど、十代をどんな風に過ごすかで、結構いろんなことが決まるもんよ」

「そんなもんすか」

そこで何に出会い、誰と出会い、どんな師と出会えるか。「私からすればね」その笑みは、いい気味だと思っているのが丸出しだった。「どうでもいいことを悩んで悩んで悩みもがくのが青春だね。同じところぐるぐるまわって堂々めぐりして」

まさにそうだな、と栢山は思う。「数学みたいですね」

「そうとも言うな」相馬は、ははっ、と笑う。

「数学に必要なのは、悩み続けることとですか」

さあね、と冷たく相馬は言い捨てる。

栢山は、身に覚えのない意趣返しをされている気がした。

相馬は口の端を片方だけ上げる。「ま、楽しめるんならば、いいんじゃない？」楽しいに越したことないよ、とノリで結論付ける。「新開君には、だいぶキツい一日になっただろうね」

「新開？」

「彼は今日ずっと、皇君と一緒だったからね」

それがどういうことか、分かる？　言葉にはしない問いを、栢山は聞いた。

さく、さく、と草を踏む音がする。芝生が少し濡れている気がする。

近くになると食堂は、いかにも明るすぎるような気がした。

笑い声が聞こえる。

最後の夜は、食堂で打ち上げが行なわれた。

新開はいつもと変わらないように見えた。

「ずっと間近で見ていて、いやあ、面白かったわ」と頭をかいていた。

そう言いながら、皇の武勇伝を語り聞かせ、高梨双子の目をハートにしていた。

終わりそうもない宴《うたげ》に、栢山は席を外す。食堂を出ると、すぐに静寂が棟を包んだ。

喧騒から遠く、ウォール前のソファに座っていると、静けさが心地よかった。

名前を呼ぶ声がした。

顔を上げると、五十鈴が歩いてくるのが見えた。

髪はやっぱりぼさぼさで、目もいつもと同じだった。

「今度」

初日にウォールを見上げていたのと同じ、切れ長の目で。

「決闘をして」

五十鈴は、そう言った。

栢山は彼女を見上げる。背後に、ウォールがある。彼女はもうウォールを見ていない。

「俺に勝ったら教えます」

五十鈴は、切れ長の目をさらに細めた。「何を？」

ぼさぼさの髪に、天井からの光が当たってところどころ白い。

「夜の数学者の、答えを」

小さく、笑う。

「分かった」


で、寝過ごした。

新開が風呂に行ってくると言ったのは覚えている。

気絶するようにベッドに倒れ込み、寝入った瞬間さえ分からなかった。目が醒めて向かいのベッドが空なのに気づき、時間を見て、荷物を持ち、最後にこれかよ、と食堂に行く。

夏の朝の爽やかな光に包まれた食堂は、しかし、静まり返っていた。

集まった学生は、朝食を前に、いくつかのタブレットを囲んで見ているようだった。

なぜ、こんなに重い雰囲気なのか、と足音を立てるのもはばかられるように歩き、新開のいるテーブルの空いた椅子に荷物を置く。

新開が、顔を上げた。

「京が」

京？

彼女の名前が、なぜ出てくるのだろう。

「E^2にすごい量のメッセージを上げている」

「なんだそれ」

ご飯を取りに行かないと、と思いながら、新開や他の人々の剣幕に気圧《けお》される。

皆が顔を寄せて見ているタブレットを、その上から覗き込む。

確かに、伊勢原がスクロールしているのを見ると、ずいぶん長いメッセージのようだった。

「なんだそれ」

もう一度、栢山が言う。

数式が続いているように見えた。

「解いて、解をアップしている」

「解いた？　何を」

伊勢原が、顔を上げた。

「一ノ瀬の十問」

その言葉に、ようやく皆が感じている異常を理解した。

伊勢原は、続けて言った。

「一ノ瀬の十問が、最後の一問を除いて、全部解かれている」

反射的に、栢山は顔を上げた。

食堂の人々の中を、探した。

皇が、顔を上げている。
目が、合った。

後に思い返せば、その朝こそ、その瞬間こそが、栢山にとって、その夏の頂点だった。
夏は頂点を迎えれば、一気に終わりへ向かう。
八月という一ヶ月。
甲子園では、知らない高校の知らない英雄が活躍していた。
柴崎は、インターハイで敗退した。
東風谷は、山で足を折った。
蓼丸は、七加に告白をして、手ひどく振られた。
その間、残りの夏ずっと、栢山は数学の問題を解いていた。
たった一人で。
五十鈴との決闘は、まだ果たされていない。
入道雲は地平線にまだ鎮座していたが、
蟬の声はヒグラシへと代わり、
夕暮れが濃くなり、
風に次の季節が混じる。

そして、秋がくる。

参考文献

『数学オリンピックチャンピオンの美しい解き方』テレンス・タオ　寺嶋英志訳　青土社
『数学難問BEST100』小野田博一　PHP研究所
『入試数学伝説の良問100　良い問題で良い解法を学ぶ』安田亨　講談社
『美しい幾何学』Eli Maor, Eugen Jost　高木隆司監訳　稲葉芳成、河﨑哲嗣、田中利史、平澤美可三、吉田耕平訳　丸善出版
『素数はなぜ人を惹きつけるのか』竹内薫　朝日新聞出版
『ゲーデルは何を証明したか　数学から超数学へ』E・ナーゲル、J・R・ニューマン　林一訳　白揚社
『数学序説』吉田洋一、赤攝也　筑摩書房
『世界の見方が変わる「数学」入門』桜井進　河出書房新社
『岡潔　数学を志す人に』岡潔　平凡社
『πとeの話　数の不思議』YEO・エイドリアン　久保儀明、蓮見亮訳　青土社
『数学パズル事典　改訂版』上野富美夫編　東京堂出版
『偏愛的数学Ⅰ　驚異の数』アルフレッド・S・ポザマンティエ、イングマール・レーマン　坂井公訳　岩波書店
『数学を変えた14の偉大な問題』イアン・スチュアート　水谷淳訳　SBクリエイティブ

『数学とっておきの12話』片山孝次　岩波書店
『みんなのミシマガジン×森田真生0号』ミシマ社編　ミシマ社
『ひとけたの数に魅せられて』マーク・チャンバーランド　川辺治之訳　岩波書店
『シンメトリーの地図帳』マーカス・デュ・ソートイ　冨永星訳　新潮社
『数学者たちはなにを考えてきたか』仙田章雄　ベレ出版
『解決！フェルマーの最終定理　現代数論の軌跡』加藤和也　日本評論社
『フェルマーの大定理が解けた！　オイラーからワイルズの証明まで』足立恒雄　講談社
「数学セミナー増刊　ミレニアム賞問題　7つの未解決問題はどうなったか？」数学セミナー編集部編　日本評論社

竹内薫先生に、数学と物理学に関して貴重なアドバイスをいただきました。数学的な事実を最大限尊重し、最大限面白がりながら書きました。この小説は数学の面白さや数学への夢を描いたフィクションですが、分かりやすさへの配慮や物語上の要請での省略などにより、また単純な理解不足により、もしも作中の数学的な部分に誤りがあれば、もちろん著者の責任です。

本書は新潮文庫のために書き下ろされた。

デザイン　川谷康久（川谷デザイン）

青《あお》の数《すう》学《がく》

新潮文庫　お－96－1

平成二十八年八月一日発行

著者　王《おう》城《じょう》夕《ゆう》紀《き》

発行者　佐藤隆信

発行所　株式会社新潮社

郵便番号　一六二―八七一一
東京都新宿区矢来町七一
電話　編集部(〇三)三二六六―五四四〇
　　　読者係(〇三)三二六六―五一一一
http://www.shinchosha.co.jp

価格はカバーに表示してあります。

乱丁・落丁本は、ご面倒ですが小社読者係宛ご送付ください。送料小社負担にてお取替えいたします。

印刷・錦明印刷株式会社　製本・錦明印刷株式会社

ISBN978-4-10-180072-1 C0193